人文书
诗散丛

宋朝的病

雷平阳◎著

花山文艺出版社

河北·石家庄

图书在版编目（ＣＩＰ）数据

宋朝的病/雷平阳著. —石家庄:花山文艺出版
社，2020.1（2020.4 重印）
（"诗人散文"丛书）
ISBN 978-7-5511-4965-5

Ⅰ.①宋… Ⅱ.①雷… Ⅲ.①散文集－中国－当
代 Ⅳ.①I267

中国版本图书馆CIP数据核字(2019)第201649号

策　　　划：曹征平　郝建国

丛 书 名："诗人散文"丛书
主　　编：霍俊明　商　震
书　　名：**宋 朝 的 病**
　　　　　Songchao De Bing
著　　者：雷平阳

责任编辑：卢水淹　于怀新
责任校对：李　鸥
装帧设计：王爱芹
美术编辑：胡彤亮
出版发行：花山文艺出版社（邮政编码：050061）
　　　　　（河北省石家庄市友谊北大街330号）
销售热线：0311-88643221/29/31/32/26
传　　真：0311-88643235
印　　刷：石家庄众旺彩印有限公司
经　　销：新华书店
开　　本：880mm×1230mm　1/32
印　　张：7.375
字　　数：140千字
版　　次：2020年1月第1版
　　　　　2020年4月第2次印刷
书　　号：ISBN 978-7-5511-4965-5
定　　价：46.00元

总　序

◎ 霍俊明

　　已经记不得是在北京还是石家庄，也忘了谈了几次，反正建国兄和我第一次提起要策划出版"诗人散文"系列图书的时候，我就没有半点儿犹豫——这事值得做。而擅长写作散文的商震兄对此更是没有异议，在石家庄的一个宾馆里，他一边吸着烟一边谈论着编选的细节。

　　"诗人散文"是一种处于隐蔽状态的写作，也是一直被忽视的写作传统。

　　美国桂冠诗人、1987年诺贝尔文学奖获得者约瑟夫·布罗茨基有一篇广为人知的文章《诗人与散文》，我第一次读到的时候印象最深的是如下这句话："谁也不知道诗人转写散文给诗歌带来了多大的损失；不过有一点却是可以肯定的，也即散文因此大受裨益。"此文其他的内容就不多说了，很值得诗人们深入读读。

收入此次"诗人散文"第一季的本来是八个人，可惜朵渔的那一本因为一些原因最终未能出版，殊为遗憾，再次向朵渔兄表达歉意。其间，我也曾向一些诗人约稿，但因为一些主客观原因，最终与大家见面的是翟永明、王家新、大解、商震、张执浩、雷平阳和我。

在我看来，"诗人散文"是一个特殊而充满了可能性的文体，并非等同于"诗人的散文""诗人写的散文"，或者说并不是"诗人"那里次于"诗歌"的二等属性的文体——因为从常理看来一个诗人的第一要义自然是写诗，然后才是其他的。这样，"散文"就成了等而下之的"诗歌"的下脚料和衍生品。

那么，真实的情况是这样的吗？

肯定不是。

与此同时，诗人写作散文也不是为了展示具备写作"跨文体"的能力。

我们还有必要把"诗人散文"和一般作家写的散文区别开来。这样说只是为了强调"诗人散文"的特殊性，而并非意味着这是没有问题的特殊飞地。

在我们的文学胃口被不断败坏，沮丧的阅读经验一再上演时，是否存在着散文的"新因子"？看看时下的某些散文吧——琐碎的世故、温情的自欺、文化的贩卖、历史的解说词、道德化的仿品、思想的余唾、专断的民粹、低级的励志、作料过期的心灵鸡汤……由此，我所指认的"诗人散文"正是为了强化散文同样应该具备写作难度和精神难度。

诗人的散文必须是和他的诗具有同等的重要性，而不是非此即彼的相互替代，两者都具有诗学的合法性和独立品质。至于诗人为什么要写作散文，其最终动因在于他能够在散文的表达中找到不属于或不同于诗歌的东西。这一点至关重要。这也正是我们今天着意强调"诗人散文"作为一种不同于一般意义上的散文的特质和必要性。

诗人身份和散文写作两者之间是双向往返和彼此借重的关系。这也是对散文惯有界限、分野的重新思考。"诗人散文"在内质和边界上都更为自由也更为开放，自然也更能凸显一个诗人精神肖像的多样性。

应该注意到很多的"诗人散文"具有"反散文"的特征，而"反散文"无疑是另一种"返回散文"的有效途径。这正是"诗人散文"的活力和有效性所在，比如"不可被散文消解的诗性""一个词在上下文中的特殊重力"，比如"专注的思考"、对"不言而喻的东西的省略"以及对"兴奋心情下潜存的危险"的警惕和自省。

我们还看到一个趋势，在一部分诗人那里，诗歌渐渐写不动了，反而散文甚至小说写得越来越起劲儿。那么，这说明了什么？说明他已经不再是一个诗人了吗？说明散文真的是一种"老年文体"吗？对此，我更想听听大家的看法。

我期待着花山文艺出版社能够将"诗人散文"这一出版计划继续实施下去，让更多的"诗人散文"与读者朋友们见面。

2019年秋于八里庄鲁院

目 录
CONTENTS

旧寨的叛逃

细雨里，旧寨古道一带是凌乱的，两边青色的峰丛、杂树、蚕桑和荒草，似乎很久没有看见过人了，全都沉浸在个体的迷狂之中。峰丛本应有着清晰的层次、蓬勃的生长力和饱满的天际线，但它们纷纷收身于薄雾，并将细瘦而又直抵天穹的桉树，纳入自己的色系与场域，两者组成了旧山水图卷中那些写意的没完没了的局部。在荒草让出来的地方，蚕桑是唯一出自人工的植物，由于雨水的清洗与供养，它们的绿色里还藏着无穷无尽的绿，每一张叶片，都有着绿色的深渊，可供那些尚在想象中的蚕虫，完成一次又一次的由生到死的折返跑。但是，在那一刻，蚕桑没有按照我的空想，恣意地呈现自己向内的精神通道，它们在猛然吹拂又瞬间消失得无影无踪的春风里，所有的叶片都翻出了自己白晃晃的反面，仿佛正在迎接一场隐秘的狂欢。那场景，状似浅水里布满了白玉，也像一群芭蕾舞演员在旷野上表演倒立……

那白丝绸一样的烟雾是从两座圆锥形的峰丛之间升起

来的。它们不是自然的白雾，更不是我想象中或记忆中的炊烟，极有可能是某个山中人在细雨里整饬山地，将地上的枯枝败叶集在一块儿，点燃了，却因为细雨的浇淋而无法痛痛快快地燃烧，应有的火焰变成了烟雾。在歌剧院一样的春天，布谷鸟的叫声出自距我几十米处的一座小山丘，却仿佛来自重重峰丛之后的贵州省或者更远的省份。烟雾没有声音，在布谷鸟的叫声里，它们更像是一个隐形的合唱团发出的咏叹或挽歌，白色中夹杂着灰色，孤寂里透露着荒渺。我无意将这些烟雾视为空气的骨灰，或环江县所有峰丛的魂魄，也没有因此陷入冥想，希望白丝绸的幕布后面跳出老虎、狮子和金钱豹。在广西师范大学出版社刚刚出版的我的随笔集《旧山水》的序言中，我这么说过："用不着拷问，我的确是一个木乃伊式的避世者和乡村世界中的巫师或放蛊人，在脱离现实的地方，我的心最安宁，我浑身的力量最圣洁，我的想象力和思想力最丰饶。人们言必说未来，把创造力和探索性，连同革命的愿望，全部交付给了未知和虚无，我则在往回跑，只想跑回太阳落下的群山里去。"所以，当烟雾一再地扩大、升高，变化出不同的形象，继而在一点一点地生成又一点一点地消失的过程中呈现出寂灭的本相时，我坐到了川山镇旧屯村一座古老的石桥上。石桥下的流水可以将我送回现实中去，浮世到处都有人的臭皮囊，水流的方向或归宿，早就是人的集中营，可我真的丧失了回去的心愿，坐下，哪儿也不去，方可以个体私设的庙堂对应烟雾本真的无觉与幻变。它们的白色或灰色，不替人们诠解世俗美学中的本体和喻体，它们是独立的，难以引用的，天注定的，同时它们也是瞬间的，为此刻而存在的。

这座石桥不知建于何时，它横卧在一条我不知道名字的溪水上。有别于那些精雕细刻或立着各种河神的石桥，它只是用一些粗糙的青石条，很随意地砌筑而成，并高出地面七个台阶。青石条与青石条之间，几乎都有着手掌的厚度一样的缝隙，里面都是草窝子，年复一年地枯朽，又在枯朽中伸出绿色的条茎和细叶。因此，这石桥让人觉得它不是人工建设的，而是一群山中的石头某一天突然活了过来，站起身子，一路走到这儿，便纷纷躺了下来。石桥上长满了荒草，溪水里同样长着荒草和细高的藤状植物，从一百米开外看过去，满眼全是草木，石桥是隐身的，石桥、溪流和草木已经是一个巨大峰丛背影下小小的共和国。由于草木作为共和国的合法公民并极其强势，我在石桥上抽烟和发呆的样子，类似于一只苍鹭在此停歇一会儿，完全改变不了草木天生的格局，甚至我也委身于草木了，乃是草木中细碎的一叶。令人凭空生出欢喜心的，是流水。按照常理，石桥是因为流水而现身的，可是，坐在石桥上，我没有看见流水的身影，尽管听见了草木丛里响着的流水的脚步声。流水陷于草木，我认为它们是这个完美共和国中快乐的亡国奴。在自己的国土上弃国，流水给出的思想，足以对应史海里毒蝇小国的皇帝抽身去山寺里做了和尚。我走下石桥，想扒开草木走向流水，殊不知草木一再地坐化或寂灭，每一根草的下面，都有着腐烂了的只有菩萨才能计数的草，它们所形成的尘土渊薮，已经是人世的陷阱。我只能退步回来，又坐到了石桥上，又抽了一支烟，这才走上了旧寨古道上的一条岔路。

通向贵州荔波县的旧寨古道上，总是会有一些游客，岔路似乎是通向罗城，是广西迷魂阵一般的峰丛中的一条草径，上面看不到一个人影。石桥边的草木共和国美则美矣，但缺了几声鸟啼，而且花朵尚未绽放，蝴蝶和蜜蜂还在另一个世界上奔波，其缺陷因为季节的错置和某个时间点上景物的错位而在我这儿成为了永久的遗憾。一个人走在这条岔路上，我领受的山川信息和我在这些信息中呈现出来的状态，原则上并没有什么巨大变化，但我还是顿时觉得自己走到了地球的边上。我说"岔路似乎是通向罗城"，这纯粹出自我的想象，实际情况是我根本不知道这条路通向什么地方，而我又是如此渴望沿着这条路一直走下去。是的，那一刻，我只想从叶辛、东西、李师东、王干、凡一平、田瑛、黄佩华、锦璐、李约热、黄土路、荆歌和潘灵等人组成的采风大军里叛逃，从广西叛逃，从地球上叛逃。我觉得，这条路之所以从天边的峰丛之间伸到我的面前，就是为了来接引我的，而且它一直就存在于我的心底。它弯曲时的弧度、路面上的尘土、两边长着的灌木丛，无一不是精心预设的。就连草丛里有多少个土丘，丛林里布谷鸟鸣叫多少声，哪几棵桉树可以长得像赶路的道士……都有着精确的数据和完美的安排。尤其这些青色的峰丛，它们的高度、坡度、间隔的距离和彼此间形状的呼应，以及上面物种的种类、云朵的形象、阳光和月色不同职责的划分，既是存在主义的，也是人道主义的，每一个细节都与我的灵魂尺寸相等。对了，按照人道主义的旨趣，这条分岔而出的道路两边，坡地或者沟壑上，还多出了太多的喷泉一样的竹林。行走在里面，多年以来，我终于又发现，在某个特殊的时刻，在特殊的环境里，地球上果然只存在一种声音，那就是自己心跳的声音。不是因为激动，而是基于幽篁里才有的寂静。这真是一些生长在世界反面的竹子，该怎么长就怎么长，笔直向上争夺阳光者有之，斜刺而出插向灌木丛者有之，伏在地面上与荒草为伍者有之。它们活着活着就死了，枯朽在亲人的怀里，也有的活得满身黑垢或苔藓仍然兴致勃勃，一阵春风吹过，便一身的叶片儿都在鼓掌。特别是那些与栗树和桤木杂生在一起的竹子，有意无意，它们都会在杂乱并低俗的枝叶中挺身而出，配合着聚散不休的烟云与雾霭，在鲜有人迹的山水长卷里抢下自己想要的空间。给我的感觉，身在荒野，它们也长出了人心，有了人的灵魂。不过，应该这么说才对，因为我的到来，因为我内心藏着人间乱象，它们因为我对它们的端详与细分而蒙了羞耻，得了俗命。真实的景象何至如此呢，这些环江县野地里的竹子，它们有别于公园里和私人后院中的那些人工竹类，它们本就不是人类的眼中之竹或胸中之竹，自生，自灭，整个过程从不象征什么，从不替人类医治疑难杂症，竹子始终存在于竹子的形体中，竹子从来都是竹子本身。它们的命运甚至不指向竹笛、竹排、竹篙、竹箱、竹楼、竹椅和打狗棍，悄悄地活一场，就为了悄悄地死去，抑或什么也不为，不知生，亦不知死。

在岔路上叛逃，一个小时，我视其为一生时光凝结而成的舍粒子，当然也可以说是滚滚浊流中蒙恩的一次走神。所以，当我原路返回，站立在木论景区停车场边一棵写有"你已进入监控区"字样的电线杆下，我发现自己的确还不适应人世间的生活，走在人群中，自己的步伐变形了，左脚总是踢着右脚。登车返回环江县城的路上，小说家荆歌一直在讲着文人圈中的逸闻趣事，令人捧腹，我却怎么也笑不起来，身在快车之上了，心还在地老天荒的旧寨古道一带游荡。

酒 宴 记

　　在酒桌上，最烦有三：其一，被领导或朋友硬弄了去坐着，借以应对不知从哪儿冒出来的诗人，像桌面上的一盘菜，任何一双筷子都会来夹，每一张嘴都会来嚼，落得个尸骨无存；其二，山寨版的杜甫来敬酒，开口便"李白斗酒诗百篇"，逼着你喝，还要你在众牛鬼蛇神面前即席赋诗一首；其三，有一种人，与你只是泛泛之交，或者你并不认可这种人的品行，一直敬而远之，但他们不管在什么酒宴上，都说是你的兄弟。别人不信，他就一个电话打过来，大着舌头，用好友才用的口吻，边骂你边与你说些神三鬼四的事情。别人还不信，他就把电话交出去，于是你的耳边就传来陌生人的声音。而且，这种人，他会隔三岔五地给你打电话，约你喝酒，甚至没下班就窜到办公室来，缠着你，说某某某某今晚一定要请你喝上几杯以表多少年多少年的敬意。如果你信以为真，或被缠得烦死了，刚好晚上又没事，硬着头皮去了。也果然有一大堆飞禽走兽候着，胡乱地就开喝，喝着喝着，桌子边的人，或醉得不省人事，或溜得踪影全无，你只好悻悻起身去付款，准备回家。更要命的是，这时候你的电话响了，是一个也喝得差不多的人打来的，问你是不是某某，得到确认后，便说是你三十年没见的老同学，然后，一定要让你猜出他（她）是谁。你说都三十年了，怎么猜？他（她）便说："连我的声音你都听不出来了？"要你再猜，猜不出来就不行……

去年7月中旬一个星期天的早上，吃完早点，我在书房翻《阅微草堂笔记》，读到第二卷中的某则，叙事之功令人震撼，正思忖着要不要用毛笔抄下来，手机响了："你是不是雷平阳？"口气粗鲁、霸道又稍有一些慌张。我说是，对方就大笑了起来，要我猜他是谁。又是这把戏，我早就猜烦了，但还是补了一句："告诉我你是谁，不说我就挂了。"对方赶紧说："别挂别挂，我是薛昆生啊，薛昆生，你不记得啦？战河工地的薛昆生，别挂啊，我好不容易才找到你的电话呀。"噢，是薛昆生，我怎么可能不记得呢？1991年我从老家昭通调到昆明的一家建筑集团公司工作，先是在一家子公司当宣传干事，两年后又才调到集团的企业报社当记者、编辑，薛昆生就是我采访的第一批基层建筑工人之一。那时的建筑企业不但不景气，而且大多数都是在垂死的边沿挣扎，国家投资力度小、计划经济阴影不散、行业壁垒森严、内部竞争无序和民间投资尚未形成规模等多种原因，导致建筑市场僧多粥少，处处游荡着恶性竞争、等米下锅和茫然观望的幽灵。就拿我所在的企业集团来说，作为云南最大的建筑企业，职工几万人，几十家子公司，一年下来，总经营额和生产总值也就在五亿元人民币左右，刨掉税收、管理费、经营费、材料费、机械设备购置费和人工费等等，所谓利润，比零还少，少得多了。子公司中，经营好一些、底子厚一些的个别公司或工程处，职工工资基本能够保障，大多数公司就能拖则拖或捉襟见肘地发一点生活费。在这种危局与困境中，许多公司推出了"立足昆明、拓展专州市场"的谋生之策，于是，大量的建筑工人开始了自己一生之中最彻底的漂泊生活。哪儿有工地，不管是密林中和峡谷里，还是小镇上和荒野深处，单位领导说一声，抬起一个装日常用品的木箱子，跳上大卡车，便像射出去的子弹，自己也不知道自己会落在哪里。

因此，那些年，我所在的企业集团所属的施工队伍，几乎遍布了云南高原的每一个角落。工人们一如撒向野地的豆子，有的落地生根，有的被风吹得晕头转向，四海为家又处处不是家。他们中间的很多人，也许刚刚在西双版纳的热带雨林中修完电站，还来不及抽空去旅游景点走走，大卡车开到了工棚前面，跳上去，几天几夜的颠簸，下了车，香格里拉的雪山就横在了眼前，雪花和刺骨的风中站着，有人用手指着一片洼地，告诉他们："这儿要修一座水库。"也有这种情况，一支施工队，来到了"三线建设"时兴建在深山里的军工厂，在军工厂的边上建起临时生活区，因为厂里大大小小的工程如前列腺患者的尿液，抖半天有一滴，但又一直不断绝，他们就作为后娘养的乙方长期驻扎下来，像乞丐躺在高端住宅区的大门外。住久了，施工队又没有移动的迹象，一些青工憋不住了，又没脸面去找军工厂的女工和职工女儿谈恋爱、结婚，就到附近的村寨里去找。虽然是建筑工人，却是"国家的人"，村寨里的漂亮姑娘就一个个被带到了工棚里，谈上一阵，到了五一节，公司工会的干部就会千里迢迢地跑来，带着写好的布标、相机和糖果之类，在工地现场，燃起几堆篝火，搞一场集体婚礼。从此，男的上工地，女的则到食堂和预件厂打杂，一年之后，一个接一个的孩子就在工棚里诞生了。再过几年，如果军工厂在红河州，孩子们讲一口红河话；如果在曲靖，孩子们则讲曲靖话，当然，也有讲昭通话、临沧话、大理话、楚雄话和文山话的，总之，讲任何云南方言的都有，有的还讲傣语、哈尼语、纳西语等少数民族语言。不过，也许大家的根刚刚扎稳，孩子们确信自己就是红河人或某地人的时候，军工厂改制了，有的改制之后就气息急促了，甚至关门大吉了，相反昆明则吹响了造城运动的过山号、巴乌、口琴、喇叭和笛子等一切可作号角的扬声器，公司喊一声，云南的山山水水间，迅速就冒出千千万万顶黄色的安全帽，车辚辚，马萧萧，以最快的速度聚集到了昆明城下。

我认识薛昆生，是在丽江宁蒗县战河纸厂的工地上。对众多的基层管理人员和建筑工人来说，坚壁清野有如炼狱，于我而言，那却是我一生中最实在也最自在的时光。以建筑报记者的身份，坐客车或坐公司运送材料的卡车，我到过了云南各地数不清的建筑工地，当然也借机在精神的层面上，为自己找到了写作现场上的辽阔疆土。宁蒗县战河纸厂所在的战河乡，是小凉山的腹地，诗人鲁诺迪基写的"小凉山很小／只有我的眼睛那么大／我闭上眼／它就天黑了"，大抵写的就是那一带。在幻觉经济和错觉决策支配下，人们以为那儿的林木资源足以支撑起一个庞大的造纸厂，于是，今天早已破产倒闭的战河纸浆厂于20世纪90年代初轰轰烈烈地上马了，薛昆生所在的公司承接了这个项目的土建工程，薛昆生是工地上的混凝土工，他因此来到了战河。

中国有一个现象，凡任何工程项目，论证、立项、审批流程可以拖三年五年甚至十年，谁都不急，但只要领导一剪彩，埋下奠基石，军乐队还没解散，鞭炮的硝烟还在呛鼻子，建设工期立马就由一个个催命鬼所掌管，两年才能竣工的，一定只给你半年时间，往往还要在合同上写清楚了，往后拖一天就罚款多少。本来就无事可做的施工企业，除了果断地答应，没有其他路可走。你只要稍稍露出犹豫状，甲方就说，等着的饿虎、饿狮、饿狼成群结队呢。可既然答应了，那就干吧，怎么干呢？只要不是病残、孕妇和只会动口不会动手的政工干部，其他员工全部拉到工地上来，一天二十四小时，每个班八小时，三班倒。当时的薛昆生，四十来岁吧，正是壮劳力，技术又好，想躲也躲不掉，何况他不想躲，儿子正在上学呢，躲开就没工资拿了，孩子的学费和生活费就会成问题。但他还是没有做好心理准备，在战河这地方的冬天干活，还真不是他这昆明人能轻松对付的。昆明的气候怎么样大家都知道，小凉山，战河，冬天一来，冷空气、雪片、冰冻就争先恐后都来了，而且来了就往衣服、被褥、皮肉和骨头里面钻，钻进来就不走。这还是其次了，混凝土工人都知道，人是可以抵御寒冷的，刚刚浇筑的混凝土却不能，在寒流和冰雪的面前，刚浇的混凝土连豆腐都不如，冰冻一旦染过，承重和坚固之说就形同泡影。

　　搭乘丽江开往宁蒗的客车，我是在一个雪片飞舞的黄昏爬上小凉山来的。为了防滑，司机给客车的四个轮子都上了防滑链条，但还是行驶得十分缓慢，仿佛是在垂怜我，赐我恩膏。同车的旅伴几乎都把手瑟缩在袖管中，头缩在衣领里打盹，我则不停地拭擦窗玻璃上的水蒸气，只想多看几眼穿着巨大的白色袍子的小凉山。到战河，天已黑了，饥寒交迫，我在街边小店买了一袋饼干，一瓶酒，边吃、边喝，顶着雪花走向纸浆厂工地。身边不时有拉公分石、水泥和钢筋的手扶拖拉机和卡车来往，想搭一程，还是放弃了这想法。遇上过一群工地上打工下来的彝族青年，有的对着天上的雪花唱山鹰组合的流行歌，多数则拖着疲乏的身子默默走路，有人用肘子捅了捅旁边的那个："明天还来不来？这种活计要整死人。"被捅的人不搭话，继续走路。我侧着身子站在路边，给他们让路，他们走得看不见了，又才往冻得越发哆嗦的身体里灌下一口酒，继续朝工地走去。

　　工地上的生活区静悄悄的，一个人影都看不见，可以推测，撤下来的两班人马正在工棚里蒙头大睡，我想找人，就得去现场上，那儿的碘钨灯明晃晃的，冲天而起的光焰里，有雪片在飞，也有搭设脚手架和钢模发出的撞击声及震动棒呜呜呜的震颤。借着雪光与碘钨灯的余光，我高一脚低一脚地摸到了工地现场，途中还差点掉进了一个不知挖了干什么的深坑。工地上碰到的第一个人就是薛昆生，他穿着一件人造革的大围腰，正在双手掌着震动棒，呜呜呜地浇基础，有十多个人协助他，忙忙碌碌地从搅拌机那儿，用塑胶桶担拌好的混凝土。我扯着嗓子问他："师傅，我想找这儿的负责人，工长也行，他们在哪儿？"他头也不抬："都死掉了！"我想我遇上了不好对付的角，但还是继续大声地问："我是建筑报的记者，你能不能告诉我？"他把震动棒从已经浇好的混凝土中抽出来，又狠狠地插进新挑来的混凝土中，向我斜瞟了一眼："我管你是什么东西，有种你就放下酒瓶，来帮老子抱柴火，这刚浇的基础如果不用火来升温，老子干死了也是白干！"听这家伙的吩咐，我把背包和酒瓶往雪地上一放，就开始从不远处的土丘上往基坑搬柴火，他见我如此，有些吃惊，但并无什么表示，只是腾出一只手，指着一个挑混凝土的妇女说："你，也跟着去抱柴火吧！"如此干了一个小时左右，柴火堆得比人还高，薛昆生也关掉了震动棒，对大伙说："你们休息去吧。"大伙也就散了，剩下我和他。他仍然不理会我，一脸的水泥浆，看不出任何表情，自顾自地将柴火往浇出的基础旁边分成若干堆，点上了火，才以不屑而又好奇的口气问我："你真是建筑报的记者？"

　　子夜，夜班的人来接班了，薛昆生和我从火堆旁站起，抖掉一身的雪花。我带来的那酒，已被我们轮流着一口一口地喝光了，他脸上的水泥浆干后一颗颗摘掉，露出的一张大脸微微泛红。与接班的人交代完工作，他从地上抓起我的背包："走，跟我走，那些领导，你明天再去找他们！"薛昆生没带我去工棚找张床睡觉，把我的背包往工棚里一扔，从门边拖出一张破单车，载着我就往战河街上奔去。有几次，打滑和遇上深坑，我差点被抖掉到路上。到街口了，他才说话："老子看你爱喝酒，今晚就让你喝个分不清五阴六阳，见到日头喊月亮！"车骑到街的中段，靠边停下，薛昆生抬起翻毛皮鞋就踢一家羊肉馆的门："睡死了？快起来，快一点！"子夜的战河，雪花还在无声地落着，地上的雪越积越厚，所有人都睡沉了，薛昆生的大嗓门，像传说中的土匪下山来敲竹杠。他与羊肉馆的老板是哥们了，那人开门："老薛，才下班？快点进来，快点，哈哈，老薛啊老薛，怎么皮围腰都还吊在脖子上，就跑来了，哈哈……"我与他在火炉边坐定，很快，老板就端上来了一大锅带皮的清汤羊肉，酒是用土罐子装的，出自本地。老实说，从丽江跑过来，又被这家伙弄了去当义工，除了那点饼干和酒外，一整天我没再吃过其他东西，早就饿得魂不附体了。望着一锅羊肉，累啊，瞌睡啊，全没了，只有口腔里迅速渗得满当当的口水。

　　那是两个陌生人之间通宵达旦的对饮。开始的时候，不像在羊肉馆里，倒像是在雪地上，彼此都是孤独的。无非两匹饿昏了的狼，在和平的气氛中同吃一只羊，一匹从羊头的方向开吃，另一匹从羊尾动口。酒是倒上了的，大口大口的羊肉嚼着，谁抬手示意一下，双方就把酒倒进嘴里，合着羊肉一起咽下。直到一锅羊肉全没了，又弄了碗汤喝下，薛昆生一边吩咐老板再切些羊杂来，一边才用泛着血丝的眼睛瞪着我："你是什么人？这是什么地方？你来这儿干什么？"说完便硬生生地干笑了几声。我有一个朋友，在监狱里当狱卒，经常讲监狱里的事给我听，我知道他的这个问话，监狱里的墙上都写着。便反问："你为什么这么问，像个狱警？"他脸上的表情迅速僵硬，同时端起一杯酒来，郑重地说："还是那一句话，管你是什么人，来了这儿，咱们就喝，往死里喝！"我端酒与他碰了一下杯，他不像碰杯，是想把杯子碰碎，酒泼出去了一半。羊杂上来了，我们没像开始时那样只顾着吃肉了，吃一口，就喝一杯酒。喝着喝着，双方都心平气和地彼此打听了一下对方单位的情况，说了些工地上的趣事，酒也就慢慢地多了。多到撑不住的时候，我站起身，拉开羊肉馆的门，想出去吐一次，一堵雪就倒进了屋子里。吐完后回来，薛昆生立着脑袋、腰杆笔挺地坐在那儿，眼睛却是空的，好久，两行泪从眼角流了出来，继而，猛地站起身来，把炉子上的羊汤锅端起来，就往我忘了关上的门洞扔了出去，站在那儿号啕大哭。我正手足无措，老板又从被窝里爬起来，把他按了坐下，又示意我坐下，这才去门外的积雪里把锅找回，洗洗，又续上一些羊肉。薛昆生的放手一哭，则没停下的意思。他哭什么，他为什么要哭到天亮时就戛然而止？那一夜，羊肉馆的老板继续陪我喝酒时，跟我说，薛昆生的父亲曾是个教授，坐过牢，疯了一阵子，后来到建筑工地上当混凝土工，不知道怎么回事，一次夜间施工，整个人被莫名其妙浇筑到一栋机关办公楼的基础里去了。对此，我半信半疑。一直想严肃地问问薛昆生，可那一夜之后，我再也没有遇到过他。几年后，我离开了建筑集团，想起过他，但以为这一辈子不可能碰上了。

这一次，薛昆生找我，也不是什么大事。他在电话里说，他的儿子大学毕业了，学的是金融，没银行接收，闲着，又不想当建筑工人。希望我帮帮他，如果我不帮他，就没人帮他了。我什么也没想，就应承了下来。那时，我的一个铁哥们儿正巧是一家股份制银行的分行行长，挂了薛昆生电话，我就给哥们儿打电话，哥们儿讲义气，让我通知薛昆生的儿子第二天就去上班。两分钟后，我挂电话给薛昆生，电话里，他一个劲说谢谢，声音有点儿哽咽，甚至感到，窸窸窣窣的声音，是他用衣袖擦眼泪。之后，听我的哥们说，薛昆生的儿子第二天早上七点钟就去到了银行，坐在石狮子背后的台阶上等他，而他早上刚好有桩急事，没有在九点钟开门时准时到银行。那孩子见银行开门，就问保安："行长到了吗？我要找行长。"大多数保安都是势利眼，那个也不例外，问孩子："你找行长干什么？"孩子回答："找行长安排工作。"保安便把孩子当神经病，赶了出来。孩子不甘心，坐在石阶上继续等，直到他去了，保安又是立正又是敬礼的，孩子便一跃而起，冲到他面前："您是行长吗？……"哥们儿说，工作一个月后，薛昆生的儿子给人的感觉，外表卑微但内心力量无比强大，引导好了，是银行业的一个奇才。听了，我也只是笑笑，告诉哥们儿，别指望我会让孩子的父亲给他送礼，请他喝酒。哥们儿笑着说："谁稀罕一个建筑工人送的礼，谁想喝一个建筑工人请的酒？"

几个月时间很快就过去了，昆明去年的冬天很干燥，一阵风过来，拆城造城带来的灰尘就起哄似的弥天漫地，像北京的沙尘暴。如果没什么非办不可的事，我一律不外出，办公室或家里，工作干完，读书、冥想、练书法。偶尔同城或外省来的朋友约了小酌，地点也仅限于办公室和家附近，半径一公里外，毫不犹豫地推辞。但是，还是有那么一天，薛昆生的电话来了，这次他一点儿也不慌张："今天晚上我请你喝酒，你一定要来，地点是××街××餐厅。我一定让你喝得无比开心！"一字一顿，木板钉钉子，我还来不及推辞，电话已经摁掉了。到了下午五点半，基于经验，我就出门打的了，再晚半个小时，整座城的街边都会站满打车的人，打到的了，又会堵得让人突发心脏病。

四十分钟左右，出租车来到了薛昆生指定的××街××餐厅门口。这儿是城乡结合部，一个个城中村被拆得像战争遗址，还来不及连根拔除并建起壮丽的摩天大楼。街的两边，没拆的房子，人们照常头顶着一个红油漆刷写的巨大拆字，卖T

恤的卖T恤，卖鞋的卖鞋，卖百货的卖百货。××餐厅的左边是一个发廊，右边是一个卖泡酒的铺子。发廊没什么生意，几个涂了重口味脂粉的女孩子，坐在破沙发上"斗地主"。泡酒铺跟成人用品店的性质差不多，靠墙的两排铝合金货架上，清一色的五公斤装的玻璃罐子，里面泡着蛇、蜜蜂、枸杞，多数罐子泡狗鞭、蛇鞭、牛鞭等形形色色的鞭。类似的铺子，我的一个朋友曾买过一罐虎鞭酒，如获至宝，当晚小饮三杯，试了试功效，据说是神效，便约一群狐朋狗友去分享了几次，很快地就喝光了。朋友的老婆尝到甜头，主动开车跑进深山，弄回五公斤上等老白干，接着泡。泡了一段时间发现白酒仍然是白酒，不像其他泡酒，一泡就变色，朋友试了一杯，也发现酒倒是酒，不是泡酒，便以为那虎鞭的劲道已被泡光了，让老婆扔掉算了。老婆不舍，做晚饭的时候，把那鞭取出来，准备切成节，炖给我那朋友吃。一刀下去，绵绵的，切不断。用劲，再一刀下去，还是绵绵的，根本斩不断。抓起来凑到灯下一看，才发现是塑料做的鞭。

进了××餐厅，一个头发雪白、身穿工作服的人就冲了上来，热情地抓住我的双手，使劲地摇："二十年啦，二十年啦，你还没有变，我一眼就认出你来了。"这人就是薛昆生，不仅头发白尽，还一脸陈忠实那样的皱纹，他拉着我就往餐厅的里间走。餐厅铺的是瓷砖，像上了一道油，同时又黏糊糊的，脚一上去就打滑，往上一提鞋子还嚓嚓嚓地响。我们互相搀扶着进到一个包间，桌子周围已坐满了十来个面熟的人，见我进来，一一站了起来。薛昆生一定要我坐主座，大家穿的都是我熟悉的建筑集团的工作服，随口就说了一句："各位师傅都是建筑集团的吧，我怎么感觉每个都见过似的！"大伙就笑笑，但不答话。薛昆生适时地对着包间门，一声大喊："老板，给老子上菜、上酒了！"借服务员上菜的空闲，我问了薛昆生退休了没有，他说退了早就退了。再问他儿子在银行工作的情况，他又把手伸过来，左手压住我的右手，右手不停地拍打我的左手，一动容，几滴泪水就出来了："你是我的恩人啊，恩人啊！"菜上了满满一桌，汽锅鸡、清汤鱼、蒸肘子、千张肉、红烧牛尾、爆炒腰花、宜良烤鸭、宣威火腿、丽江腊排、版纳炸竹虫……一个蔬菜都没有。酒是"满堂红"，不知产自何方，服务员"哐"地放下一件，转身欲走，薛昆生喊："站住，给老子把酒杯全换成钢化杯，咱们今晚与雷兄弟不醉不散！"杯子变成钢化杯，都倒满了，薛昆生目光朝在座的人扫了一圈，对我说："雷兄弟，咱们明人不做暗事，你再看看这些老哥们你敢说你不认识？"说实话，不是不认识，二十年前，这些人我肯定都见过，但要我现在叫出他们的名字，是为难我了。我只好双手合十，对各位师傅说："都见过，都见过，只是记不得名字了，抱歉啊！"

薛昆生也就不再难为我，逐一介绍，每介绍一个我都恍然大悟，不停地拍自己的脑袋。在座的人，我岂止见过，而且都采访过，写过他们的喜怒哀乐。于是，我站了起来，向他们深深地鞠了一躬，征得薛昆生同意，第一杯酒，从我开始，敬在座的每个人。酒是明明白白的酒精勾兑，香味可疑，我却喝得一点儿也不像是在喝劣质酒。心里顿时生出的悲恸、疼痛、虚无，或许也只有这种酒才能压住。在座的这些人，二十年时间，身体都变形了，都像雕塑师手下的塑像，神依稀还在，形却被一再地修改过了，而且是往绝路上改，往死里改。他们中间的大多数人，都是我在偏远工地上采访的，有的一生修建房子，自己却没在房子里住过一夜，住的都是工棚；有的身无长物，连年跟着工地漂，一个大木箱子里，装着的全是组织上发给的各种奖状、奖品，但心满意足；有的一生都在幻想，希望生活能够安顿下来，以便找个老婆过日子，却一生光棍儿……

在任何场合，他们只有一个人，你觉得他们是一群人；他们是一群人，你又觉得他们只是一个人。这也许就是我们所说的集体主义的命运吧，这种命运，它是隐形的、卑贱的，但又经常会在我们漠然无视的地方，弄出令人恐慌和敌视的巨大动静，就像说有便有、说无就无的鬼妖世界，很少有人将它不往心里去。就像这酒桌子上，你来我往，喝得不辨东西，我以为垂垂老矣的那一位，喝到忘情处，工作服和毛衣脱了往旁边一丢，穿件老头衫，哈哈，一钢化杯酒端着就过来了："雷兄弟，记不记得当年我们是怎么喝的？我喝得上不了工地，你喝得倒在地上就睡着了，哈哈，老夫今天再陪你喝一杯！"话一完，酒就没了，又问我："要不要干三杯？"豪气干云，身上如有千军万马，我只能且战且退。可退到立锥之地都没有的地方，还有薛昆生持杯等着，笑眯眯的："雷老弟，三杯，我俩今晚一定要喝三杯，第一杯纪念战河；第二杯我谢你拔刀相助，没你帮忙，我这个混凝土工人叫哪样天哪样地，叫什么都不应；第三杯，我代我儿子敬你！"我说："行，但你得告诉我，你是怎么把这群老师傅聚到一块儿的？"如此一说，没想却把我生生救了下来。薛昆生一听，酒杯放到了桌子上，得意洋洋地张开双臂，扶住我和另一位师傅的肩膀，大着舌头样问大家："哈哈，说啊，你们说说，我是怎么把大家聚到一起的？"大家都红着脸，不说，见有人想说了，他才说："那还不简单，小老弟，你出手帮我后，我就想，我该怎么谢你，想来想去，没有好的法子，真的没啊，这么大的情，我该怎么还？"边说就边哭了，接着又说，"可我又突然想到你写过很多建筑工人，就跑到公司党群部，借了以前建筑报的合订本，你写过的人，我先记住名字和所在公司，然后，骑着自行车，一家公司接一家公司地去找退管科，几个月下来，果然就找来了这些穷弟兄，哈哈哈……"

酒宴散了，夜也深了，剩下我和薛昆生搀扶着从餐厅走出来。说实话，酒喝得不少，但我没醉，倒是他在餐厅门口就开始狂吐。吐出来的东西一大堆，气味肯定不好闻，还没关门的发廊妹冲出来，骂了些什么记不住了，只记得软分分的薛昆生突然想起什么似的，手上有劲了，抓住我就往发廊里面送："小小小……老老……弟弟弟弟弟……差差差差……点点点……忘忘忘……忘了……还还……有有有——件件……事……没没……没办！"照我的理解，他要找个发廊里的女子给我才算圆满，他或许没做过这种事，但在施工企业谋生，见过的多了。我没依他，不是装，一是我不想从今以后他把我也当成某些甲方或领导；二是不想让他再花一分钱；三是今日之聚，其实是他有恩于我。于是，费了好大的劲，将他弄上了一辆出租车，把他送到了他所在公司的大门口。想把他直接送到家，他的酒猛然醒了，坚决不让。我不知道，他是否有着一个比工棚好一点儿的家。

上 坟 记

　　清明节的早晨，空气里的清凉，不像特殊日子里夹着苍灰和悲戚的那种清凉。它有着一丝不经意的苦涩，舌头尖上的茶滋味。夏日中午出自地下河的微风，隐隐约约，去意彷徨。同时，它还有着刺芒穿越肌肤的功效，由神经的秘密线路，将最细小的感觉信息，传送给无所事事而又异常清醒的大脑。站在家门口的河堤上，我下意识地抬起左手，去摘杨树上的叶片，似乎想知道，杨树叶子是否与我有着相同的感受。我一连摘了三片，它们薄薄的身体，似乎也被什么东西袭击过了，处在常态中，但冰凉得未免过分。

　　母亲照例早早地就起床了，现在正坐在门前的石台阶上，认真地划着一刀刀纸钱。纸都出自深山的小作坊，工艺差，工人又粗糙，做得皮断肉不断、筋骨参差不齐，压在一起后，想一张张分开，若缺少耐心，乱用力气，那就休想得到一张完整的。母亲已经七十岁了，眼睛还不含糊，双手也还听使唤，只见她像在坎坷不平的锅底上揭鲜嫩而又热乎乎的面皮，"神三鬼四"，敬神的三张一叠，给鬼的四张一叠，小心翼翼地将一张张纸揭起来，折叠成纸钱。

太阳每天都从同一个地方升起来，这种重复没有新意但又很神奇。它很快就把无处不在的蓝色、黑色和灰色一扫而光，甚至还将母亲折叠的纸钱涂抹得金光闪闪。母亲眼皮往上一翻，看见太阳，说："这个鬼太阳，今天出来干什么嘛！"接着掉头往门洞里大声地喊我的哥嫂、弟媳以及他们的儿女："还不出来帮我折纸钱？这个鬼太阳一升高，坟地上热得要命，到时我看你们钻到坟里面去躲阴凉！"母亲也为自己的幽默感到很开心，一边笑，一边还喊着："你们快点，快一点！"一伙人伸着懒腰、打着哈欠出了门，个个拿上一捆纸，各自去折叠，大哥手上拿着纸，嘴巴上说着："哟，整这么多干啥子，去年才给他们烧了几十亿，足够投资修一条从昆明到昭通的高速公路了，今年再烧这么多，我今天倒是要建议他们，把钱拿出一点点，把昭通城到欧家营这条破路适当修一下，你看人家三甲村，路通了，家家还住别墅……"大哥这么一说，大伙就笑。母亲也就来劲了："修什么路嘛，如果纸钱要顶用，最好让人清理门前这条河，实在太臭了。"

我家门前这条河，名叫荔枝河。太阳没出来前，它黑黝黝的，像在暗处睡着了，扑哧扑哧地吹着梦呓的白泡。可当它迎着阳光醒来，变色龙似的，马上变成灰白色，继而又从灰白中泛起颗粒状的黑色。按道理，灰白色非常想死死地压住黑色，但黑色是沸腾的、向上的、压不住的。至于蔚蓝色，这水的本色，或说这清水与蓝天共同合成的色，多年没见了。当然也可以这么说，当腐烂的动物尸体和一座城市所有的污秽之物，汇聚到这儿，也许只有灰白色和黑色是协调的，是同一个话语谱系。我也曾一次次从骨头上冒傻气，总觉得古代文化传统中的"故乡"仍然存在，一厢情愿、不管不顾地想把自己与之相依为命的那条荔枝河，重新找回来，什么碧波荡漾，鱼虾成群，天神的客厅，活命之水之类，忙乎了半天，只剩无语哽咽，有些词，阳寿已尽，没了。母亲说，在十年以前，有的妇女，因为种种原因绝望了，就投河自尽，现在，看见河流这种样子，绝望的人，改喝农药自尽了。让人捶着胸膛、大声质问，也问不出任何道理来的一个问题是：为什么十年时间，我们就彻底改变了河流？

烧一堆纸钱给爷爷奶奶和我的父亲，寄望他们的灵魂在实在无法忍受时，花钱来清理一下荔枝河。想法荒诞而且空洞，生者的无力感和对死亡者跨界的、无理的要求，也只能视为一种别样的、吊诡的、黑色幽默似的悲怆和控诉。至于控诉谁，该领谁来指认现场，该在天地间的法庭上审判谁，仿佛谁都可以，谁又都不可以。可以确认的是，犯罪嫌疑人，每个人都是，谁都逃不掉。于我而言，内心最为纠结的或许还不是这一条河流的非河流化，在很多诗篇和散文里，因为强调对盲目工业化的反对，我把本已面目全非的故乡、这一条河，当成了"纸上原野"的美好元素，并将其写成了乌有乡，这算不算犯罪？算不算掩人耳目、为虎作伥？反之，每一次回老家，都会有老人、同辈和已经不认识的后辈来找我，给我递烟，邀我去喝酒，他们都以为我是个什么了不起的大人物，可以一言九鼎，希望我能找镇政府、区政府乃至市政府的领导反映一下，与其他乡村道路比，欧家营进昭通城的路根本就不是路，至于荔枝河，实在不像昭通人的母亲河，看能不能改善一下？也有初中同学某某，知道我卖文为生，多次鼓动我到有影响的报纸上去发文章，通过舆论监督，"逼"政府拨款修路。尤其是身边的三甲村一夜之间成为了"全国文明村"，阡陌交通，洋楼一排接一排，而欧家营仍然被遗弃、仍然作为垃圾堆，乡亲们内心的落差可想而知。人们说多了，我的心动了，也想有所贡献，但真不知道怎么做才好。背井离乡三十年，我应该去找谁？

太阳渐渐升高，荔枝河浓烈的腥臭气，果然是河堤关不住的，洪水一样漫进了欧家营。母亲不耐烦了，找了几个尿素口袋，把折了的纸钱往里面一塞，吩咐弟弟一定把香火、鞭炮、酒肉和水果带上，然后对全家人说："走，没折完的纸钱到坟地上去再折！"家已经不是折纸钱的地方了。于是，一家十多口人，跟着母亲，一只手提东西，一只手捂着鼻子，沿着荔枝河的河堤，朝父亲的坟地走去。父亲的坟地离欧家营只有一公里左右，是父亲生前耕种过的土地中的一小块。按照风俗，父亲应该安葬到埋着更多祖先的"雷家坟山"上去的，但由于"雷家坟山"早已人满为患，再也插不进哪怕一根骨头，只好另找地方，而请来看地的风水先生走到这儿，一口咬定父亲最熟悉的这块地，就是好地，我们一家人也就认了。这块地和它四周扩延出去的几千亩地，平展展的，是欧家营西面的一块高地。小时候，我们曾在这儿割草、放牛，或者经过这儿，前往十公里之外的狮子山去拾柴火。很多时候，在路边上我们还会看到人们丢弃的死婴或尚会啼哭的病婴。见得多的还是人们"送鬼"时烧在这儿的纸钱，泼在这儿的水饭，丢下来的几分诱人将"鬼"领走的硬币。据说，送到这儿的"鬼"，谁第一个碰上，"鬼"就会跟着这人走。乡村是"鬼魂"游荡的地方，人们对"鬼"存在着无边的好奇和想象，"鬼"在人们心中，有时是亲人，更多的时候则是邪恶、恶灵和死亡的象征，而且，尸体总是与"鬼"连在一起，甚至就等于鬼。所以，当我们看见那些死婴和正在死去的病婴，以及送"鬼"的痕迹，仿佛就看见了"鬼"，身体就先是僵硬、脸色发白、呼吸急促，接下来就铆足了劲，没命地逃离现场。有一年的秋天，我七岁左右，跟着村子里的人，穿过这片名叫"沙沟"的土地去邻村看露天电影。放电影的场地选择在一片坟场上，人山人海。电影是《平原游击队》和《龙江颂》，看过不下二十遍了，我先还跟着电影里的角色熟练地背台词，慢慢地，瞌睡来了，最后干脆倒在一座坟堆上就呼呼睡着了。滇东北的秋天，白天阳光灿烂，晚上则霜冷砭骨，等到我在冷霜里醒过来，曲终人散，身边全都是坟堆，鬼影幢幢。恐惧、孤单、被遗弃的失落感，另一种鬼，一齐扑了过来，我几乎是声嘶力竭地叫了声："妈呀！"脸上便全部是泪水，然后跌跌撞撞，高一脚低一脚地朝着欧家营的方向窜。摔了跤，连滚带爬地站起来，又跑。掉到尚未收割的稻田里，一身泥浆，鞋帮里灌满了泥水，一边叫着"妈呀，妈呀！"还在跑。腿摔伤了，手上出血了，还在跑。穿过沙沟那无边无际的玉米林时，夜风吹得叶片哗啦啦地响，就像鬼哭狼嚎。我感到自己的身体空掉了，魂不在了，力气也快要用光了，喊"妈呀"的声音也卡在了喉咙里。再联想到看见的那些死婴，几次扑倒在地，用双手抓地时，觉得自己已经变成了一张皮，命都没有了。我不知道自己是怎么回到家的，事后才知，撞开家门，我便倒在堂屋里，昏死过去了。第二天，我的母亲，平生第一次也是唯一一次，站在荔枝河的河堤上，疯了似的，用乡村最歹毒、最不堪入耳的话语，一边诅咒带我去看电影的人，一边涕泪横流。她骂得整个欧家营鸦雀无声，又人人都竖着耳朵听。她骂得快虚脱了，坐到地上，有人来劝她，她就披头散发，目光凶狠，死死地抓住劝她的人："说，是不是你带我儿子去看的电影？说！"弄得谁也不敢去劝她。她就从早上骂到了黄昏。黄昏的时候，外婆来了，带着筋疲力尽的母亲，沿着我失魂落魄的回家路，去给我喊魂。外婆喊魂的音调，我之后还听过，低沉、苍枯、急迫，有无奈，有恐慌，有哀求。

让母亲心有戚戚焉，又略感欣慰的是，外婆死后，也安葬在沙沟这儿，坟堆离我父亲的坟只有几百米。母亲的话是这么说的，欧氏坟山没空了，雷氏坟山也满了，两个没地方去的人，现在住在一块地里，也算有个走动，有个帮扶。所以，当我们在父亲的坟前，把纸钱折完，开始给父亲上祭，母亲拿一些祭品就往外婆的坟上去了。也不知什么原因、有何想法，每次去给父亲上坟，我们都想去外婆的坟上祭奠，母亲都坚决不允许。外公外婆一脉，同样子孙浩荡，不用我们跪谢？雷氏一族只有母亲是欧阳血脉，她足以代表我们？母亲希望我们在父亲的墓前多待一些时间？我每次都想破解母亲的谜底，一直没破解，问母亲，母亲总把话题一次次岔开。母亲到外婆坟上去所用的时间都不长，往往是她回来了，我们还在烧纸钱。等到我们磕头、放鞭炮、清理坟上荒草时，她就坐在一边看着，或自言自语地对父亲说："又给你烧这么多钱了，看你怎么用！"

父亲的碑文、墓联都是我写的，对联有三副，没追求格律，一点也不工整。其一："生如五谷土生土长，归若八仙云卷云舒"；其二："农耕一生尘中尘，极乐千载仙上仙"；其三："望田畴犹在梦中，辞浮世已在天上"。三联的上联都是交代父亲的命运，下联写我对他的祈愿。不用说，尽管写对联的时候我心如刀绞，但它们还是写给人看的，是写在石头上以求不朽的。说父亲像五谷杂粮土生土长、一生躬耕是泥土中的泥土，这倒没什么夸张的成分，甚至根本没有说出父亲比五谷和泥土更卑贱的一面，问题出在语词中透出的豁达与超脱，仿佛父亲就是泥土和五谷之间的一个隐士。"望田畴犹在梦中"一句，更是留下了不小的误读空间，乍一看，别人还以为我父亲是多么留恋令他屈辱万分的田地与劳作。

记得跪伏在石头上写这些对联和碑文时，手握毛笔，一心想着馆阁体，想着笔笔都是中锋，我是何等的严肃，就怕哪儿一旦出错，有辱了理想化的父亲。可越这么想，越往别处用力，手就抖得越荒唐，越不像我的手。旁边的錾碑人不看场合又不知玄机，一个劲下药："张凤举和赵家璧先生给人写碑，总会提一壶酒来，写一个字，坐下，慢慢地喝上几口酒。一座墓碑，一般都要写三天。"听他一说，我没法写了，我能提壶酒来边喝边写父亲的碑文？我能在此为了求法度、得庄严慢慢耗上三天？我之所以没去拜请谢崇崐、陈孝宁、黄吉昌等昭通书法大家来写，无非是我想把对父亲的情义写到石头上去，如果请他们中的哪一位来，我会领受这份不安与无助？绝境中，大哥递来救命草，他在电话中说，请来操持葬礼的道士已经定下父亲的出殡日期，时间太紧了，要我抓紧点。我也就不再犹豫，提起笔就往石头上写去，太想写好，结果写出了自己至今败笔最多的一堆字。不过，这倒也适合父亲，我的字处处败笔，他则是太想活得扬眉吐气，结果活得什么都不合心愿，活到最后，还觉得整个世界都亏待了他。但真要让他说出究竟是谁亏待了他，他又支支吾吾，不明不白。

想想，父亲的一辈子，也的确活得不明不白。昭通解放时，他说枪声"像炒豆子"，豆子炒完，他八岁，没上学，当了合作社的放牛娃。长大成人了，被安排了当专职的赶牛车的人，遇到春耕大忙时，就牵着牛犁田耙地。农闲了，就赶着车拉煤或拉粪。如此，一直干到土地下放。土地到手，他却只会服侍牛，其他农活什么也不会做，或说总是做得难以达到母亲的要求标准。跟着母亲去栽秧，他把株距弄得比行距还宽，速度也比手脚边的蜗牛还慢，母亲让他拔掉重栽，顺便奚落了他几句，他用脚把栽错的秧苗一阵乱踩，把手中秧苗往水上一扔，走了。一个人坐在荔枝河埂上吸闷烟，有愤怒，也有内疚。1985年我高中毕业考上师专，从教育局领到录取通知书，一阵小跑，回家见了他，跟他说："爸爸，我考上了！"他一脸不屑："太阳从西边出来了。"我说："那打个赌？"他问："赌什么？"我说："一套军装。"他却想都不想就说"好"。我就把录取通知书拿了出来让他看，他不识字，但看到红彤彤的公章，就认输了，噔噔噔踩着木梯上楼，把母亲吊在屋梁上的、用来做种子的两袋小麦和蚕豆解下来，背篓一装，背进城变卖掉了。结果，父亲递来军装，我心花怒放，母亲却气得跺脚，赌气不吃晚饭。我能考上，母亲其实比父亲还高兴，她痛心的是种子卖掉，来年用什么下种？猪可以卖，鸡鸭可以卖，怎么能卖种子！夜深人静，我们都睡下了，他们为此发生了激烈的争吵，还动了手。之后的一个多月，两人形同陌路，母亲要下地，也不喊父亲，父亲则隔三岔五跑到乡供销社，与几个老哥们儿打了劣质散酒，坐在墙脚喝，醉了才回家。喝醉了酒，父亲总是头低垂着，双手的十指插在头发里，一句话也不说，也不去睡觉，一个姿势可以到天亮。快到我要去师专上学了，必须请左右邻居、世戚旧僚吃顿饭以示喜庆，父亲和母亲才勉强彼此搭理，父亲进城卖猪，母亲在家张罗，弄了一席家庭史上无比奢侈的"八大碗"大席。我去学校报到那天，父亲执意要送我，还很固执地要替我扛背包，我不干，他圆睁着双眼，头发直立，伸出一双大铁掌，从我手中就把背包抢了过去。背包其实也不重，进城的路也不远，对当时年富力强的父亲来说，这点活计算不了什么，可我总觉得这种活已经应该由一个16岁的小伙子来做了，父亲只需跟着走路就足够了，而且他完全可以不用送我。路上，父亲扛着背包走得很快，我一身崭新的军装，双臂好像变成了两只翅膀，身体想飞起来，却又行动迟缓，怎么也走不快。脚下的泥泞路，路两边的田野，田野里的禾苗、昆虫、阳光与阴影，在那时似乎都在讨好我，以卖命的方式向我呈现他们最单纯、最鲜活也最诱人的美。父亲走远了，见身后没人跟上，就大声地咳上一声以示提醒，而我也又才风一样地跟上。途中，父亲碰上过几拨熟人，别人问他进城干什么，他少见地眉飞色舞，拿出烟，敬了人家，还要给人家点上，点上了还要缠着人家多说话。意思太简单了，无非就是想让这些人天一句地一句地猛夸我，别人一夸，他就咧着嘴巴笑，露出两排黑牙齿。到学校大门了，父亲却怎么也不进门，扶着大门处的水泥柱子往里面看，看够了，把背包塞给我，转身，头也不回地就走了。

没有比母亲更了解父亲的人了，多年以后当父亲患上了老年痴呆，只会天天形影不离地跟着母亲，母亲曾跟我说："你爹这个人，从生下来的那天起就患上了这种病，一直没好过，像只蜘蛛，结了个网，他不出来的话，谁都弄不出来。弄出来了，他还会再结一张网。"母亲说的这张网，父亲肯定是没有意识到的，而且我觉得父亲一直都想从这张网里钻出来，但又害怕被禽鸟叼走。与他同一个模子里塑出来的人何其多也，他能缩头、躬身、自认倒霉地偷生于尘土表面，已经是他的福分了。如此天命，他能做什么呢？那些所谓的庄稼能手、鸡鸣狗盗之徒、渴望美好生活而不惜离乡背井的人，又有几个得到了好下场？还不是一样地瞎折腾，也没见生活赏他们的一个笑脸。不过，母亲也羡慕父亲，常挂嘴边的一句话是："你爹倒是安逸了，到死还能喝酒，一喝醉，'共产主义'就来了。"也许很多没有乡村经验的人不知道，"共产主义"这个词条，因为它太普及又太诱人，集合了乡下人所有的理想和空想，甚至囊括了乡下人的太多的"想都不敢想"，所以乡下人就总是把它具象化、世俗化，力求伸手就能抓住。比如，一顿大酒可叫"共产主义"，逮住一条鳝鱼也可叫"共产主义"，偷了别人一只鸡没被发现，当然也可叫"共产主义"，甚至于见到了某个大人物、结婚了、高寿而逝、路上捡到一角钱、某人递过来一支烟等等，都可以叫"共产主义"。"共产主义"不在远方，就在手边上，如果在远方，人们就懒得去想了，一想就累。就像现在，当我们在父亲墓前礼毕，坐在墓地旁的草丛中吃水果，吃了一个，母亲又会递来第二个："吃，多吃点。"如果哪个人不吃，母亲就会接着说："哼，你不吃？这苹果又不是纸扎的，吃，如果是纸扎的，你想吃也吃不着！"妹妹把剩下的几个水果放在了父亲的墓前，母亲不反对，但还是说了这么一句："老辈人说，你爹那边有那边的水果，你放在这儿，他还能从坟里爬出来吃？"

从父亲的墓地上走开，已是中午了，太阳毒辣，荔枝河上的腥臭味开始变成恶臭。我们挤上弟弟的面包车，去几公里外的"雷家坟山"。车又得在荔枝河的河堤上颠簸好一阵子，车窗必须紧紧关上，但车是破车，怎么关都有裂隙，恶臭味都会进来。于是车子内，又挤，又热，又臭，人人都大汗淋漓，不敢喘气吸气，懒得说一句话。"雷家坟山"位于昭通古城即"土城"遗址附近的一座丘陵上。在母亲的记忆中，大炼钢铁运动以前，这儿还是看不见天空的黑森林，现在一棵树都没有了，除了坟山，全都是耕种了多年的熟土，类似树木的，是一架又一架的高压线铁塔。高压线的下面，上坟的人络绎不绝，种植玉米和土豆的人则在春风掀起的灰尘中挖塘、下种、浇水，像地上冒出的泥巴人。其中几个是母亲认识的，他们与母亲打招呼，一笑，脸上皱纹里的尘土就往下掉，母亲不买账，虎着脸就咒骂："你们这些绝人，种自己的地就行了，年年都要挖坟山地，多挖一锄，种得出几棵玉米，就不怕满地下的鬼跑到你们家里去闹腾？"那些人都是母亲的晚辈，不敢还嘴，赔着笑："以后不敢了，不敢了！"母亲不依不饶："啥子不敢了，挖吧，尽管挖，不就是一堆堆白骨，锤碎了，还可以做肥料，保证让你们的土豆长得比人的心还大！"

"雷家坟山"埋的大多数是雷家的亡魂，也有少数他姓人家的人，因为坟山满了没地方埋，又是雷氏的亲戚，便埋到了这儿。按照坟山上所埋之人的辈分和去世年庚推算，这片坟山形成的时间也就四十年左右，即20世纪60年代末期。众所周知，那是一个非常时期，很多人肉体和灵魂都没有葬身之地。在我写的《祭父帖》这首长诗中，关于那个时候的父亲，也有这么一段：

围着他的棺木，我团团乱转，一圈又一圈
给长明灯加油时，请来的道士，喊我
一定要多给他烧些纸钱，寒露太重，路太远
我就想起，他用"文革体"，字斟句酌
讲述苦难。文盲，大舌头，万人大会上听来的文件
憋红了脸，讲出三句半，想停下，屋外一声咳嗽
吓得脸色大变。阶级说成级别，斗争说成打架
一副落水狗的样子，知道自己不够格，配不上
却找了一根结实的绳索，叫我们把他绑起来
爬上饭桌，接受历史的审判。他的妻儿觉得好笑
叫他下来，野菜熟了，土豆就要冰冷
他赖在上面，命令我们用污水泼他
朝他脸上吐痰。夜深了，欧家菅一派寂静
他先是在家中游街，从火塘到灶台，从卧室
到猪厩。确信东方欲晓，人烟深眠
他喊我们跟着，一路呵欠，在村子里游了一圈
感谢时代，让他抓出了自己，让他知道

他的一生，就是自己和自己开战。他的家人
是他的审判员。多少年以后，母亲忆及此事
泪水涟涟："一只田鼠，听见地面走动的风暴
从地下，主动跑了出来，谁都不把它当人，它却因此
受到伤害。"母亲言重，他其实没有向外跑
是厚土被深翻，他和他的洞穴，暴露于天眼
劈头又撞上了雷霆和闪电，他那细碎的肝脏和骨架
意外地受到了强力的震颤。保命高于一切
他便把干净的骨头，放入脏水，洗了一遍

　　我的父亲尚且如此，风头上、场面上的人物，命运就
可想而知了。令我意外的是，同样是那个"铲除一切"的时
期，原先的"雷家坟山"没空地了，国家竟然会在这距离昭通
城只有三公里左右的地方，让出这么一块地来，供雷氏的亡人
长眠！而且，可以肯定的是，那个时期，从合作社、大队、
公社的手上让出来的土地绝不会只有这片"雷家坟山"，一
定还有赵、钱、孙、李、周等等百家氏族的坟山。这一让，
让出的是另一个世界，搭进去的则是我们这个世界的沃野千
里。就此，我曾经想过要去档案馆查询一下，看有没有相应的
文件、政策和规定的资料，如果有，那"文革体"的字词语
境中，说不定会找到令人热泪滚滚的，另一些有魂的字眼。
"雷家坟山"的面积有多少亩，我没测算过，用它来种植，能
养活多少人，我也没概念，但它确实安顿下了密密麻麻的难以

数清的坟堆子。在坟堆子里面，我奶奶的辈分是最高的，也差不多是最先入葬这儿的人（我爷爷比奶奶去世早，去世的时候原先的雷家坟山满员，这片坟山还不存在，借葬于一公里外的欧阳坟山）。在奶奶的坟墓四周，躺着的多数是我母亲那一辈的人，也有一些是我的同辈。也就是说，这儿的人们，全部都是母亲知根知底的人。与给父亲上坟一样，到了奶奶坟上，我们祭奠奶奶，母亲则点燃一大把香拿在手上，逐一地去给旁边的坟上香和烧一点纸钱。母亲患有严重的风湿，双腿变形了，走起路来总会左右摇晃，只见她到了任何一座坟头，上香和烧纸的过程中，都会跟坟里的人说说话。与她关系很好的，她会忆及美好的往事，说到动情处，就抬起手臂，用衣袖去擦眼泪；有些人生前与她关系一般甚至因鸡毛蒜皮的事儿交恶，她就会说："×××，活着的时候，你倒是太可恶了……不过，今天我还是要给你烧点钱！"和我同辈而又长眠于此的人，死因不外乎两种：重病和喝农药。母亲到了这些人的坟前，边烧纸边说："唉，老天怎么要这样对你啊，你留下的那两个儿子太可怜了。"或者说："×××，我说你倒真的是个死脑筋，那么大一点屁事就想不通了，喝农药，不难受吗？"在奶奶的坟墓旁，有一座坟，死者只活了二十多岁，母亲从来不去上香烧纸，并且每年都是同一句话了之："老子才不耐烦去理这个短命鬼，做什么事不可以，他要去吸毒！"

去给爷爷上坟，步行，沿途都是坟墓群。地势忽高忽低，高处可以看见大兴土木的昭通城，在低处走，则感到明晃晃的人间不在了，自己只剩下了灵魂，走到了世界的终结处。爷爷死的时候，我只有四岁，他留给我的记忆只有一个：整天都坐在火塘边，敞着皱巴巴的胸膛取暖。即使是夏天，他也是冷的。听父亲说过，爷爷年轻时候所做的营生，就是以卖昭通酱养家，他挑着黄豆、辣子面等原料和荔枝河的水，从昭通步行十三天到昆明，在正义路的一家客马店里，现做现卖。那时候的荔枝河水，是做昭通酱的良好保证，爷爷挑着这水，走在莽莽苍苍的乌蒙山里，口干舌燥，却从来舍不得喝上一口。我有一首长诗，把荔枝河改名叫昭鲁大河，最后一段写的是1985年我师专毕业分配到外地工作，与家人和荔枝河告别时的感受，如下：

　　离开欧家营那年

　　他十八岁。穿着一身崭新的军装

　　一脸痤疮。身边的河水，清冽见底

　　几个捕鱼的人，看见他

　　撒下的渔网，忘记了拉

　　笑吟吟地跟他说话

　　他没有想到，那是昭鲁大河

　　最后一次清冽。人民的河流

　　神的宴会厅，十年之后，成了黑夜的家

　　爷爷奶奶、父亲母亲的荔枝河已经不在了，我们记忆中的那条河，则像这一座座需要祭奠的坟墓，存在着，但已经远离了生活现场，是另一个世界，只有清明节的时候，我们才会去上香、烧纸、磕头。至于黑掉、臭掉的这一条真实之河，谁也说不好，它属于怎样的人们，从哪儿流来，又将流到哪儿去，它到底要流淌多长。

三甲村氏族

三甲村隶属于云南昭阳区某乡，有七十二户人家，十二个姓氏。有一河从村中流过，其堤坝曾为古道，村里人大多从道上来。

之一 常姓

常姓属地：平原郡，今山东平原县以南。

姓氏来历：据《通志·氏族略》记载，常姓姓源有二。一是源自姬姓，卫康叔支孙食采于常地，其子孙就以邑为氏；二是黄帝的宰相名叫常先，其子孙便以常为姓。

常姓人家，村里只有一户，三代单传，村里人戏称他们的儿子常飞为"油罐系系"，系系的意思为绳子，意指如果拴油罐的绳子一旦断了，油罐子就将掼碎，整个家族也就到此为止。这种称谓很歹毒，但常云龙不以为意，他很清楚，在一个个庞大的家族前面，弱小意味着什么。

常云龙的祖上传下了一门绝活，他站在村子中央的院坝上，高声一叫，轻松地就能把声音传遍村子的每一个角落。因此，土地下放以前，常云龙一直是生产队长的传话筒，要出工了，生产队长就叫他高声一喊，惊飞尚在梦中的鸟，也喊醒熟睡的社员；收工的时候，他站在田边或地角，一声"收工了——"，常叫得禾苗直颤。所以，有一种说法，村里的苹果熟了，村民够不着高枝上的那几个，也懒得用竹竿去打，就让常云龙站在树下叫两声，苹果就会落下来。常飞也继承了父亲的衣钵，刚到五岁，就被队长安排了去金灿灿的田野上驱赶麻雀，结果胆大的麻雀被赶飞了，胆小的，却被吓死了，弄得一田埂都是麻雀的尸体。到了读书的年龄，不是体育委员，却是全校学生的领操人，为学校不用放喇叭节约了许多电费。

这个声如洪钟的家庭，到了现在，声音没了用武之地，在村子里过得更加无声无息。

之二　卫姓

卫姓属地：河东郡，今山西夏县北。

姓氏来历：卫氏以国为氏，周文王之后。

卫继庆、卫继华和卫继尚的祖父曾是滇川道上的马锅头，上云南，下四川，以贩卖盐巴、布匹、茶叶等起家。1948年在昭通城半边街置庄园一座，后因厌倦了颠沛流离的日子，改换门庭，把昭通街上晃荡的游医集合起来，办了一家医馆，以野技、秘技、巫技为人治病。其医馆中有一个姓张的医生，以治妇科闻名，所用配伍药物，都是些干枯的花朵，以瓣为单位。这个人曾到昭通修女医院门前设案向西医挑战，尽管没人跟他较量，仍被传为美谈。

1950年卫氏医馆不复存在。马锅头的大儿子留在了法国；二儿子在从广州赶回家的路上，死于劫匪之手；三儿子卫东非率全家十五口人搬出庄园，移住位于三甲村的坟山看守人所住的房子，重新做了农民，并与其两个妻子生下了卫继庆、卫继华、卫继尚三兄弟。

卫氏三兄弟后来各自成家，且有了十多个分支。他们新造的房屋一律围着祖上的坟山，像一个圆圈。他们不贩，不医，最大的嗜好就是在农闲之余扎各种颜色的灯笼，点亮了，在晚上提着，在房前屋后疾疾奔走。春天来的时候，卫继尚偶尔也会扎一个老鹰状的风筝，让他的女儿卫红到村子里去放。他们几乎不与村里人往来，儿子娶外乡人为妻，女儿嫁异乡人。

传说卫氏家族的坟山上埋着成筐的金条，有人去挖过，一无所获。倒是挖出来的棺木漆水一流，几十年了，不腐，不烂，不结青苔，被村里的木匠赞叹了很多年，估计还会继续赞叹下去。

之三 葛姓

葛姓属地：梁郡，今河南商丘市南。

姓氏来历：源自夏朝葛国。其本为嬴姓之后，
因国亡而改姓，以纪念故国。

葛家的女儿都是些美女，这有些令人不可思议。因此，
多少年来，县乡干部到三甲村来，一直都在葛氏五家轮流食
宿。葛雄的女儿娟娟，葛富的女儿萍萍，葛玉的女儿露露，葛
伟的女儿美美，葛发的女儿芬芬，村里的年轻人曾用她们的名
字编成了五首儿歌：

一

涓涓的水呀出山坡，
坡上住着小哥哥；
哥心干渴想喝水，
可是干部不准喝。

二

平平的稻浪波连波，
一只秧鸡来找窝；
立夏找到七月半，
找到了干部的公文包。

三

牡丹花上露水多，

露水滴滴都是药；

采取半滴医哥病，

干部摘花笑呵呵。

四

哥想美美一起过，

小碟儿想成大铜锣；

半夜起来敲锣唱，

干部罚哥干苦活。

五

芬芬像月天上坐，

明亮的光儿照山河；

爬上树尖哥想你，

干部说哥是蛤蟆。

不好意思，又拿干部开涮了。其实干部远没有歌中那么霸道，有个别的动了邪念，却也未必得逞。村里的年轻人之所以这么唱，无非是攀不上，就把怨气全撒在一茬茬的干部头上，以泄心头之火。不过，葛氏家族的五个女儿都嫁了另外一些干部，这也倒是事实。并且，因了这裙带关系，葛氏家族的十八个儿子，除了五个考取中专或大学由国家分配工作外，其他都在城里谋了活干，有的当保安，有的当建筑工人，有的开药铺，有的当司机。现在，村子里那几栋葛家的房子都闲置着，屋顶上还长出了青草。

之四鲍姓

鲍姓属地：上党郡，今山西省长治市。

姓氏来历：《元和姓纂》中记载，鲍姓出自姒姓。夏禹之后鲍叔，在齐国做官，后被封于鲍，其后代以其封地为姓。

鲍家在三甲村是大姓，十五户人家，一家一栋房子，形成一个以三株杏子树为圆心的大天井，村里人呼其为鲍家天井。鲍家天井以狗多狗恶著称，如果没有大一点的事，外姓人家很少去。偶有乞丐和货郎到村里来，也绝少深入进去，如果非去不可，就得有鲍太旺这样的好人引路。

鲍太旺是鲍氏家族中年纪最老的，老得连村里的许多人都不知道他究竟活了多少年了。在一些年近花甲的人的记忆中，他一直就鹤发童颜地活着，在那饥馑的年月，他也从不因为吃了上顿没下顿而萎靡不振，相反每到夜晚就提一把二胡，坐在杏子树下，拉一些欢快的曲子，直拉得鸡不叫狗不咬人入梦。

不过，鲍氏家族中，除了鲍太旺这一异数外，更多的子孙却是些孽种懒汉和糙哥。在三甲村的当代史上，杀人被枪毙的、强奸妇女被判刑的、偷牛偷粮被拘留过的、横行乡里无恶不作的、嗜赌如命输了房子的、不学无术以巫技骗人的和拐卖妇女儿童的一类人，几乎都出自鲍家。试举两例：

　　1980年初冬，鲍成万的两个儿子，一个八岁，一个五岁，一块儿病了，症状是只会翻白眼，说胡话，且处于半昏迷状态。鲍成万先是将其送到医院，可转了一圈，嫌医疗费用太昂贵，便背回村里。鲍成万的托词是：两个孩子是鬼附体，医生没办法。于是，他就用他的方法为孩子治病，先是请巫医来驱鬼，不愈；接下来便把两个孩子的衣服全剥光了，放在杏子树下，用冰冷的河沙埋至脖子处……弄了几天，孩子仍不见好，已经气若游丝。鲍太旺因此找到鲍成万，希望鲍成万把孩子从河沙里刨出来，再送到医院去。鲍成万则一口咬定孩子身上有鬼，鬼不驱，做什么都是白搭。结果，两个孩子在冬天的第一场雪飘落下来的时候，死掉了。据说，死前的每天每夜都曾偶尔发出过微弱的哭泣声。

　　与鲍成万的草菅人命不同，鲍成云纯粹是个不知廉耻的人。偷、赌、嫖、抢，百毒集于一身。从20世纪80年代中期开始，他便骑一辆破单车，天天到城里的建筑工地上去打工。这本没有什么不好，但与其他人进城打工挣钱养家不一样，他出去打工从来不见一分钱，钱都被他花光了。孩子上学没钱，妻子向他要，话不好听，立即便对妻子拳打脚踢；春耕大忙时节，家里没化肥，妻子希望他能用打工的钱买几包化肥，他立即便把家里的猪或者粮食拉去卖了，但却不见化肥。更有甚者，在外滥嫖，染了一身淋病，还传染给了妻子，为了医病，家里稍微值点钱的东西都被卖了，家徒四壁。有一段时间，他还把一个卖淫女子带回家来住，妻子无语，只好求鲍太旺，鲍太旺给他两耳光，他不敢怒，但也依旧我行我素……

1999年夏天，鲍太旺死了，全村人都去祭奠，鲍家天井第一次挤满了人。为鲍太旺送葬的那一天，村里有人断言，鲍家天井的未来将不可思议。更有人说，送鲍太旺的那天，天井里那三株杏子树上已经爬满了毛毛虫。

之五 钱姓

钱姓属地：彭城郡，现江苏徐州市铜山区。

姓氏来历：据《通志·氏族略》载："颛帝曾孙陆终生彭祖，裔孙孚，周钱府上士，因官而命氏焉。"即钱姓是以官名为姓。

钱天阳的父亲叫钱明阳。钱天阳是"天"字辈，钱明阳是"明"字辈。

钱天阳的妻子名叫欧阳秀芬。他们共养育了四男二女。儿子分别是钱俊阳、钱发阳、钱朝阳和钱贵阳；两个女儿分别是钱阳芬和钱阳芳。都是"阳"字辈。

钱天阳的爷爷的名字中有没有"阳"字，谁也不知道，其儿女的儿女的名字中会不会又有"阳"字，我们将拭目以待。但就目前而言，这是一个亮堂堂的家族。

我翻了一下商务印书馆1985年版的《现代汉语词典》，有对阳字的注释：

阳（陽）：yáng ①我国古代哲学认为的两大对立面之一（跟"阴"相对，下②到⑦同）：阴阳二气。②太阳；日光：阳光｜阳历｜阳坡｜朝阳｜向阳。③山的南面；水的北面：衡阳（在衡山之南）｜洛阳（在洛河之北）。④凸出的：阳文。⑤外露的，表面的：阳沟｜阳奉阴违。⑥指属于活人和人世的（迷信）：阳宅｜阳间｜阳寿。⑦带正电的：阳电｜阳极。⑧指男性生殖器。⑨（yáng）姓。

本版《现代汉语词典》还罗列了二十三个与"阳"有关的词条，并做了注释。它们分别是：阳春、阳春白雪、阳春砂、阳电、阳电子、阳奉阴违、阳沟、阳关道、阳光、阳极、阳间、阳狂、阳历、阳平、阳畦、阳起石、阳伞、阳燧、阳台、阳痿、阳文、阳性、阳性植物、阳韵。其中"阳性植物"的注释是这样的："在阳光充足的条件下生长得很好的植物，如松树和一般的农作物。也叫喜光植物。"

钱天阳一家三代都是农民，勤劳朴实，乐于助人，家庭殷实，与村中每户人家都保持了良好的邻里关系。钱天阳老了的时候，由于四村八寨偶有狂犬病发生，政府倡导灭狗，家中的守门狗未能幸免。没狗守门，钱天阳很不放心，便用收音机守门。具体做法是，买一个肚子很大（可放二号电池）而价格便宜的收音机，使用电筒用旧了的电池，每逢下地或外出，便将收音机打开，然后才关门而去。照他的分析，一旦小偷上门，听到收音机响着，就万万不敢下手。他的分析是对的，他的做法效果很好，但他从来不对外人透露。

之六　甄姓

甄姓属地：中山郡，今河南登封市西南。

姓氏来历：甄氏以技能、职业为姓。甄本来是制陶所用的转轮的名称，后来成为掌管制陶业的职官名。

三甲村共有六户甄姓人家，老老少少四十多号人，大都是些缺少幻想、老实厚道的庄稼人。别人种地，他们种地，别人闲着，他们闲着。有的人家干些小买卖，或收辣子到城里去卖，或倒腾贩卖鸡鸭火腿，他们都从不参与跟风。就连政府号召在房前屋后栽几棵苹果树，他们都没有响应。村里有一户人家的一个儿子，读书很有出息，读完大学分在了浙江工作。有一年，这人一片好心从浙江带来了几百斤稻谷种子，说是最高产的良种，如果种了，每亩田至少可以增收几百斤谷子。村子里的许多人家纷纷争购，并一一撒种、栽插，特意将节令踩得比其他年份还准，祈求秋后有个好收成。甄氏人家却拒绝了那户人家的好心肠，像往年一样，撒旧种、栽旧苗，不敢奢求太多。夏天到了，其他人家田里种植的稻子发疯似的分苗，长势好得匪夷所思，甄氏人家一度感到很后悔，可随着节令的推进，他们又成了村里人中心里最踏实的人。因为那来自浙江的水稻，只长苗，不怀胎，没花、没籽，最终只是一亩接一亩的草。饥荒蔓延了三甲村，甄氏人家却平平静静地过了一年。后来，有一位县里的农技员到村里来，告诉了人们浙江籽种为什么不能在云南高寒山区种植的原因，还顺便表扬了一下甄氏人家。

不过，甄氏人家也出了个异数。此人一度成了三甲村的象征。有时，村里人外出，被问及是什么地方的，刚报出村名，别人就会恍然大悟："噢，与甄泥人是一村的。"甄泥人即甄友来，从出娘胎起，就是个傻子。因其傻，便从不下地，整天都在村子里转悠，村子里转烦了，就跟着过路的人去别的村子转，几十年下来，把远近二十公里内的村庄都转遍了。有些年，昭通平原上活跃着几支勘探队伍，一村一寨地搭起塔一般的井架就往大地深处打眼子，钻出来的泥巴、石块、煤炭，一节一节地有序地排放在田野里，像唯美主义巨神拉出来的屎。当时，人们都知道一个叫王进喜的人，所以一直以为这些吃白馒头的男男女女在钻石油。

甄友来理所当然地每天都泡在勘探工地上，勘探队员累了躺在草垛上休息时乐于拿他寻开心，他也乐于混两个馒头填肚子。时间久了，见了的事情，甄友来就会拿到村子里来逢人便讲："哈哈哈，那些人在草垛里日屄……"村里的男人听了，会说："友来，慢慢讲，讲细点。"女的则先一噌，然后破口大骂。有的女的还会以为是甄友来在调戏她，私底下与伙伴说闺中话时还会说："别看甄友来傻头傻脑的，鬼着呢。"到此，大家应该清楚了，甄友来是怎么一个人，如果要给他定性，确定个角色，他其实是一个三甲村的信使。勘探队不是常驻村民，生出点事，人一走，风就来了，很快就会被吹散，甄友来也不会把亲眼所见的事日长月久地挂在嘴边。更多的时候，他是在义务流布村里的信息，谁家夫妻打架，谁家在揍不听话的儿子，谁家与谁家因什么而提斧捉刀，谁家的狗病了、鸡丢了，谁家的门被撬了……事无巨细，他都是第一目击人，接着就迅速地告诉全村人民。至于逢着村里有红白喜事、生子造房这类大事情，除了传送信息外，他还会整天待在现场。白喜事时，大凡都有亲友哭得死去活来，有人会怂恿甄友来："友来，你也哭啊。"友来早已是这种场合里的行家里手，先叩头，后作揖，再点香，烧上一刀纸钱，抱着棺木就是一通号哭，历数死者之好，比死者的亲友还练达；哭腔之悲戚、音调的穿透力，也非死者亲友可以相比。不过，哭声停后，甄友来也会犯些让死者亲友勃然大怒的错误。村里人有一习俗，棺木底下要放一盏油灯，命名为"过桥灯"，意指死者可在这灯的照耀下，走过奈何桥，重新投胎转生。此灯绝不能熄，到了棺木搬出家，朝坟山送，还得由孙子辈的人端着、护着，直到死者入土为安都还得送回家，三天三夜后方可熄灭。可哭累了的甄友来，常常会钻到棺木底下，倒头便睡，稍作翻身，就把灯弄灭了。这非常的不吉利，这意味着有的投胎者根本还来不及变成牛形、鸟形、人形、虎形等等，灯光一灭，超度之旅就戛然而止了，投胎者往往刚变成似人似兽。为了让死者得以顺利转生，死者家属得重新找师傅来为死者超度。至于村里有人娶媳妇，闹房的时候，甄友来往往会取代新郎官的主角地位，闹房的人常会给新嫁娘出难题："亲亲友来的嘴！"或者抱起活蹦乱跳的甄友来，往新娘子面前送，然后指着友来的裤裆问新娘："说吧，这东西叫什么？"村子里的媳妇们，差不多有三分之一亲过甄友来的厚嘴皮，也差不多有三分之一的为甄友来那玩意儿命名过，而且名字无奇不有，当然，偶尔也有实话实说的，引得闹房的人笑得死去活来。

但是，这些都不是甄友来被人特别是异村人叫作"甄泥人"的原因，直接原因是，甄友来每到一处都喜欢捏泥人，他捏的泥人曾摆满了异村的村头，也无数次地摆满过三甲村的道路，抑或某几户人家的小院或窗台。他无师自通，兴之所至，边捏边自言自语。挖地人、锄草人、劈柴人、担水人、烤太阳的人、拉二胡的人、睡觉人、吃饭人、赶集人、骑牛人、哭或笑着的人……见到什么人他就捏什么人，形象惟妙惟肖，生动异常。见到草垛里忙乎的一男一女勘探队员后，他曾在勘探工地上用钻出来的泥土捏了两个交媾中的一男一女，并送给当事人，那两人窘迫了一阵，最终还用一块红布包起来带走了。因为捏泥人，甄友来也曾被人狠狠地揍过一次。传说有一回，他拉了一泡屎，和土捏了一个老头，有人认为他捏的老头是其父，大怒，把他打得鼻血长淌。

甄友来的爷爷死的时候，他在他家的院子里捏了近百头牛，一律都是耕地时躬身向前用力的牛，他的父亲非常不高兴，找来一把铁铲，准备将这些牛清除掉，他冒了一句："这是爷爷，他变成牛了。"其父听了，一怔，没说什么，低头转身进屋，在灵柩前跪了一夜，多烧了许多纸钱。

之七 徐姓

徐姓属地：东海郡，今山东兖州东南。

姓氏来历：徐姓源出嬴姓，与黄姓同源，都是伯益之子若木，曾被夏禹封侯于安徽，立徐国，历夏、商、周，灭于春秋。

徐仲金一家是搬迁户，他们的故乡在西面的阿鲁伯梁子和狮子山组成的巨大屏障之西。在那地方时，徐姓是个大家族，有祠堂，有坟山，有一口远近闻名的徐家水井。几百户人家屋檐相连，血脉也相连，兴旺，和睦，过着世外桃源般的日子。后来政府斥巨资修建一个名叫"渔洞"的大水库，徐家坪子所在的山坳处在了淹没区。几百户人家就这么被拆散了，抛了祖屋，分别哭着走向了陌生的地方。

徐仲金一家来到三甲村，尽管三甲村土地肥沃，但他们总觉得脚下的土地是冷的。加之他家的房子建在村外，炊烟飘不进村来，村里人家的饭香他们也闻不到，所以，开初几年，他们差不多都不跟村子发生关系，其房屋，倒像是三甲村用来护秋的。特别是在秋天刚到的时候，大地上到处都是比人还高的玉米林，风吹林响，夜里一盏孤灯，让村里人看见，心里都很不是滋味。"遍山的麦子无人收，山神也是空灶头；遍山的麦子无人收，青草滴下清明愁……"一阵阵月琴声，一声声哽咽的歌声，传进村来，人们都知道徐仲金一家又思念故土了，那儿的麦子正金灿灿地布满山冈。

哪儿的黄土不埋人？异乡的黄土。一样的现象，滇东北有许多高寒山区，天寒地冻，根本不具备人居条件，政府有组织地将其间居民往富足的西双版纳和思茅等地搬迁，可有的人去了，又悄悄返回。问他们为什么这样，他们低着头，用脚尖死死地抵着石块，仿佛想把自己的身躯放到石头里去。也有坦白的，开口就说："那些地方真的很好，往土里撒一把种子，庄稼就齐刷刷地长出来了，但是气候太热了，浑身无力。"许多人都说，如果徐仲金一家的房子不被水淹掉，他们难说也会在某个晚上悄悄地搬回去。不过，徐仲金倒真的回过几次老家，据他的儿子徐诚讲，什么都没看见，就看见了水，水上还有许多野鸭。

徐诚来到三甲村时刚好七岁。这是一个非常聪明的孩子，在村办的单小里读书，从一年级开始，成绩就很好，甚至现出诸多异禀。一年级开始，当他学到"学习"这一词语，他就把他的名字改成"习诚"，他认为习字的意义不错；到了二年级，"毛主席"一词标志着伟大、光荣、正确，他又把名字改成"席诚"；上了三年级，老师说，人要坚强，他又把名字改成"锡诚"，他认为锡是金属，很硬；上了四年级，老师常说，一寸光阴一寸金，要懂得珍惜，他又把名字改成了"惜诚"。之后，他还把自己的名字改过"吸诚""悉诚"等等，直到知道有一个英雄名叫林则徐之后，他又把名字恢复为"徐诚"。他为自己改的姓，大多是近音，按普通话标准是不成立的。徐诚改姓名，老师也不管，因此一度成了村里孩子们中间流行的时尚。常飞曾改为"嫦飞""肠飞""长飞"等；郑云海曾改为"挣云海"；邓清曾改为"凳清"；刘小花曾改为"流小花"……

徐诚后来考上大学，现在昭通市某机关工作。据村里一些去求他办事的人讲，他是个沉默寡言的人，待村里人不冷不热，但有一点同他父亲很相似，喜欢弹月琴。徐诚工作后，很少回乡下的家，最近几年，其父母相继过世，他也没像其他人家操办丧事一样大动干戈，而是把父母都火化了，葬在阿鲁伯梁子最高的一个山头上，从那儿可以看到一片荡漾在其故乡之上的水面。他们家在三甲村的房子如今已彻底荒废了，到处都是鸟粪和蛛网。由于他迄今为止仍是三甲村唯一考出去的大学生，村里一些上学的孩子都很崇拜他，于是孩子在他家那两扇破朽了的木门上，分别用粉笔写下了这么两行字："徐诚故居"和"向徐诚同志学习"。

之八 赵姓

赵姓属地：天水郡，今甘肃通渭县西南。

姓氏来历：赵氏出自嬴姓部落，祖先是帝舜时的柏翳的十三世孙造父。孙造父乃周穆王的驾车大夫，因助周穆王驾驶兵车救国有功，封邑赵城，其后便以封地为姓。

现在的社长，以前叫队长，再远一点叫甲长。不管怎么叫，他都是管三甲村的。有一段时间，村子里除了队长和社长外，还有一个长，叫妇女队长。妇女队长自然都由妇女担任，但管事很少，那时不搞计划生育，她更像一个配相。《五朵金花》流行的时候，村子里干活特别卖力、天生就是劳作能手和在某一方面有特殊技能的女子，一般都被叫作"金花"，而"金花"又往往是妇女队长的最佳人选。在历任三甲村妇女队长的女子中，有一人一口气生育了十三个孩子，除了夭折的三个外，养大了六男四女，村里人都叫她"生娃娃金花"，也有人叫她"生产队长"。

这个"生产队长"的丈夫姓赵，村里统管全局的队长也姓赵，叫赵声伟。赵姓人家在三甲村虽然仅仅三家人，却统治了三甲村近三十年时间。赵声伟的哥哥赵声海，在赵声伟当队长之前，一直当队长（最开初叫贫协主席），后来到了大队（现叫村公所）当大队长，空出的位子由其弟填充。任妇女队长的李美英的丈夫赵庆才，虽然年纪跟赵声海差不多，却是赵声海和赵声伟两兄弟的晚辈，其爷爷和赵声伟的父亲是两兄弟，赵声伟的父亲是老幺，幺房出老辈。赵庆才一生都没在村子里捞上一官半职，但其日子过得甚至比其两个堂叔还滋润，比如挑大粪、插秧、挖地一类的苦活、重活、脏活，从来都不与他沾边。春风吹来，村里的其他男人都在土窝窝里挣扎，他却被安排了给村里的耕牛"进补"。买些补药和着黄豆大米一块熬，再放些猪油和红糖，熬熟了，就用一个长形的木瓢往牛嘴里灌，让一头头牛吃个够。有时，他还会在每头牛身上克扣一点补品，悄悄地带回家，让他那一群孩子饱餐一顿。牛养得皮毛泛油，他的孩子也养得活蹦乱跳。为牛进补的工作搞完，春耕大忙开始了，赵庆才背包一打，上水库看水去了。所谓"看水"，指的是20世纪60年代时，水库里的水都是按立方分配至村的，谁都不能多，谁也不能少。为了防止有的村去放水时多放了，另外一些村的耕种就会出问题，每一个村都会派人去水库上守着。一般情况，这是一个清闲活，十里八村的"皇亲国戚"聚在一起，除了放水时跟水利局的人交接一下，并提前通知村里，说清楚水什么时候开闸，有可能什么时候流到村边的河道，请将拦河坝或石桥上的铁闸关死蓄水而外，大伙儿都是在睡觉、讲黄段子、喝酒和聊天。当然，看水人在水库上打架的事也时有发生，而且一旦打起来，往往都是朝死里打。赵庆才去看水，却从来没发生过打架的情况，这跟其大叔赵声海是大队长不能说没有关系。

倒是有一年，天下大旱，水库里的蓄水少得可怜。串联村庄的河道上，隔上里把路，就有各村派出的民兵守着，以防本村少得可怜的水被其他村截流。朝中有人的三甲村仍派出了赵庆才去看水，不言而喻，三甲村得到了和往年一样多的水，在水库上时，也没人跟赵庆才理论，但水一入河道，沿途各村都举全村之力截流。有的村，拦河坝因为没有提前筑好，不惜拆下门窗、搬来老人的寿木、不管男女老幼组成人墙截水。人们死死相抱，里三层外三层结成人墙，人墙前面就立着门窗和寿木，差不多是在以一种向死的方式实施截流，等水流到三甲村，已经所剩无几，用来滋润土地的嘴皮都不够。对赵庆才来说，这是一场意外，他放完水，又重新回到看水的小屋里呼呼大睡，他根本不知道他放水的时间已被日日跟他在一起的其他村的看水人，悄悄地或说是撇开了他到处传播开了。当他被其小叔赵声伟一脚踢醒时，已是次日凌晨两点左右。从接下来所发生的事来看，三甲村并没有谁看不起赵庆才，有的甚至觉得他是三甲村里最有血性的男人。当他知道他所放出来的水几乎都被河道沿途各村截流了，他甩脱小叔的手，抄起枕头下捂着的斧头，一头就扎进了夜色。那一天晚上，他把河道沿途八个生产队队长家的大门全劈成了几大块。沿途各村的人都听见了他一路的狂呼："还我的水来，还我的水来……"有人甚至说，他的声音就像在喊魂。由于没伤人，且事出有因，赵庆才只被派出所拘留了十五天。放出来时，村里与他相处很好的人，还买了一百多串鞭炮去接他，在那八个村里狂放，也没人敢出来说三道四。之后，赵庆才再没外出看水，而是当了村里的电费收缴员，一直到现在。

不过，他斧劈八个生产队长家的大门这事，还是给赵家带来了毁灭性的打击。赵声海因以权谋私，大队长一职被革，被安排去大队上开办的加工厂守门，其妻赵美英的妇女队长一职也被免了。唯一保住职务的只有赵声伟，但在饥馑的乡村里，代价也不小——赵家三户人，每家的猪厩里都少了最大的那头猪，它们都被卖了，以便用钱去打点。

之九 王姓

王姓属地：太原郡，今山西太原。
姓氏来历：王姓来源繁多，除少数是赐姓王而外，多数以爵为姓。

王姓人家足有二十八户，他们的房子一排依着流过村子的河堤，坐南向北，另一排与之对应，坐北向南，从而形成一条只容牛车能过的小巷，三甲村人称之为"王家巷巷"。

王家除耕作外，每户的主人或男丁都是世传的木匠，且差不多都是六指人。针对这一现象，曾有一家报纸的记者做了专题采访，所写的《三甲村的六指人家族》曾被视为奇文。

作为奇文的品质，不在于六个指头和六个脚趾，而在于这个家族"黑暗的技艺"。他们精于木艺，所住的房屋、所用的桌椅和床，却十分粗糙，且全由另外的木匠所做。他们只为死者和生者做寿木。并且，由于这个家族的存在，三甲村以及周边十村八寨的寿木与其他地方的都不同，红颜色，充满了各式花纹，大头和小头还镂空。死者为男性，大头镂空花案为骑鹤西游；死者是女性的则为瑶池赴宴。如果死者未满花甲，是短命鬼，棺木颜色变黑，大头和小头不镂空，也无图案。

王家巷巷一直都很清静，他们各户之间似乎也不大走动。除了白天必须下地外，到了晚上，有订货任务的人家就关门在灯下通宵达旦地赶工，没有活计的人家也早早关门，熄灯睡觉，不管邻居的动静有多大，都没人干涉。不过，与其他地方不同，三甲村人从来不把寿木视为凶物，如果谁早起，遇到异乡人从王家巷巷里搬运寿木，相反会觉得这是喜事临门的吉兆。因此，虽大家都不愿到土家巷巷里走动，却没人与王家的人刻意保持距离。倒是王家的人，大多性格内向，仿佛有意识地在回避着什么。有人说，是六指所致，也有人说不是。说是的人能感觉到王家人的自卑，说不是的人则能察觉到——王家人有一股异力，这异力安排着三甲村的生命秩序。

不过，这一切都是二十多年前的事了，从20世纪80年代开始，王家二十八户凡十八岁以上的男丁，将近一百二十号人，全都进了昭通城，那儿正大兴土木。这一去，有的人发了大财，有的人则换了一身行头和染了一身恶习，也有的人染上淋病梅毒负债累累，最后还有一种人则丢了性命。"黑暗的技艺"，带给他们的，各人有别，尽管他们赖以依靠的东西是绝对相同的。

之十韩姓

韩姓属地：南阳郡，今河南南阳市。

姓氏来历：据《通志·氏族略》载，韩姓乃以国为姓。其最初由姬姓分化，周武王之子唐叔虞被封于唐，其后裔韩武子在晋国做官，受封于韩原，其后裔韩虔后来同晋国的赵氏、魏氏"三家分晋"，建韩国。

无论用怎样的词语来叙述一个家族的衰落速度，都显得很残酷。但是，让人无法回避的是，有的家族的确在短短的几十年间，在某一地域，迅速地由兴旺走向了寂灭。几十年的时间，不是一部家族史的时间底线，它应该只是一个中途的点，短暂得几可省略。可是，如果必须为三甲村的韩氏家族写一部家族史，其时间跨度的确只有四十多年。40年代的三甲村，一度被村边通省大道上往来的贩夫走卒们称之为韩家庄，如此称谓的原因倒不是说韩家在三甲村人丁兴旺，而是因为韩家是三甲村的象征。20世纪40年代以前，三甲村虽然旁边就有一条通省大道，道上的马帮和挑夫日夜络绎不绝，但村里却很少有人背井离乡，从通省大道上走向异地。而且，那时候卫氏家族也还与三甲村没太大的关系，村里人偶尔见到卫家的马帮也不会感到格外的亲切，只有见那些赶马人，喝醉了酒，牵着马尾巴，跟跟跄跄地走过，才会觉得有些好笑。但是，抗日战争爆发之后，随着韩氏家族在三甲村购地置房，落地生根，三甲村原有的宁静就结束了。

说来也很有趣，韩氏家族落根三甲村，全是因为一件意外的事情。韩家本是四川成都一家大商号的经营者，一直从事着托运四川自贡的盐巴上云南，然后又托运云南西双版纳杨聘号茶庄的茶叶下四川的独门买卖，其马帮足有近百匹马，且清一色的善走山路的云南小马。赶马人沿路寂寞，干下些寻花问柳的事。这本不是什么大不了的事情，甚至有的人为了路边的某个女子操刀相搏，遗尸异乡，抛下一堆野坟，在道上，也没人大惊小怪。可偏偏这年夏天，韩家的马帮路过三甲村，一个赶马人借马匹饮水之机，摸进了一个寡妇的家，并且站着进去就再没站着出来，他被一个在寡妇家养伤并与寡妇同居了的哥老会小弟，一刀就了结了。按照常情，韩家对这样的事完全可以不闻不问，可韩家大爷或许是感到了乱世潜藏着的危机，有心想往云南这片从没战乱的天堂之国搬迁，所以就躬身由北向南而来，对外的借口是处理赶马人被杀事件。

韩大爷到了三甲村，望着一马平川的田野，又见蝴蝶、蜻蜓和蚂蚁在村子里毫无惊惧地活动着，他那副久历江湖的苍老心肠一下子就变软了。他没难为杀死赶马人的哥老会小弟，相反给了那人一笔钱，叫他领着寡妇远走高飞。然后就把三甲村临河的几十亩沃土全都买下了。接着，只用了一年左右，韩氏庄园便修筑完毕，几十号家眷也骑着马从四川成都来到了三甲村。来到三甲村，韩家变卖了马帮，不再做贩运生意，除了雇人种地外，只捎带做起了收粪卖粪的营生。

三甲村离昭通城只有几公里的路途，那时候的昭通城是一个串连滇川黔三省的大都市，在云南，其城建规模和繁华程度仅次于昆明，而由于没有战乱之扰，仍然显现出商铺林立、会馆接寨、人潮涌动的气象。与其他山中城邦不同的是，昭通城四周沃野千里，尽是良田，农村经济十分发达，堪称滇东北的一大粮仓。清朝时曾有人于凤凰山下建一"望海楼"，乃"昭阳八景"之一。所谓望海，今日再登此楼，望见的全是滚滚稻浪。很显然，在没有化肥的年代，韩大爷能断然变卖马帮做起大粪生意，其扮演的角色，与现在的化肥商人没有什么区别。

韩大爷做大粪生意，投入几等于无。他把置下的几十亩土地分出三分之一，挖成一个个紧挨着的像养鱼塘一样的大坑，然后把昔日门下的赶马人组成收粪队，天天都进昭通城去收粪，特别是在夏、秋、冬三季，把昭通城所有厕所里的粪便全收到三甲村来，囤积在坑中，并根据不同的品质分成甲、乙、丙三等，春天一来，便向十里八乡的农民出售。

据年轻时曾是韩家收粪队队员的一位老人回忆，韩家做粪便生意，在昭通城居民和政府相关部门的眼中，纯粹是在做一件功德无量的大善事。之前，城外的农民只会在春耕时节来临之前进城收粪，夏、秋、冬三季的粪便只好往沟河里倾倒，昭通城因此常弥漫着一股股臭味。因此，韩家开始做这生意，受到了广泛的欢迎和支持，甚至到了春天，四周的农民进城来收粪，大多数的居民都宁愿以几等于无的价格卖给韩家，而不愿多收一点钱而卖给农民。也就是说，韩家的生意形成了垄断性经营。当然，尽管韩家收粪支出不多，但也有其规矩，收粪时，收粪队队员都要用手指蘸一点粪水在舌头上尝尝，以便分出等级。常规是，出自深宅大院的味辛辣，是甲等；出自平民的味生涩且常陈搁，是乙等；而屠宰场一类场所中的粪，味淡，力道不足，是丙等。因为要尝粪便，所以韩家的收粪队伍，开始时几乎几天一换，极不稳定，且人人差不多都患有呕吐症，但慢慢地队伍也稳定下来了，而且并非全都是些走投无路的人，相反有的人因拥有这份工作而感到庆幸，因为工作并不累，收入也不低，走街串巷，得到的都是笑脸，偶尔有的大户人家不仅不要钱，还会送些旧衣旧物甚至粮钱美食。

　　每到春天，三甲村都很热闹，前来韩家买粪的人昼夜不息。韩家获利比做贩运时还丰厚，这连韩大爷也感到有些始料不及。所以，每年春节，韩家都会打开一座粮仓，凡三甲村住户，家家都可无偿取走三升大米。同时，韩家还会遣人去四川宜宾或云南昆明，找来川戏班子或花灯队，在韩家庄园外的场坝上夜夜唱戏，一直到元宵方歇。村里人去看，不仅不收钱，场坝边还放了两大缸茶水，任人取喝。

韩大爷后来是被枪毙的。大儿子韩兴国，"文革"期间，也死于上海其所在单位，是自杀。现三甲村还留有其血脉，只一家，是二儿子韩兴蜀。韩兴蜀现在已有八十岁左右，与其妻蒋凤岚一生厮守，膝下无儿无女，是五保户。两位老人在土地下放之前，男的是宰猪匠，喜喝生猪血；女的秉承家传，每天早起，在村子里捡牲畜粪便以换取工分为生。韩家庄园一度被用做粮仓和学校，七十年代毁于一场大火，其废墟上现种满了苹果树。

之十一许姓

许姓属地：高阳郡，今山东临淄县西北。

姓氏来历：许姓乃炎帝神农氏后裔，后裔中，姜文叔曾被周武王封于许，建许国，许都势弱，常搬迁，故许氏后代流布各地。

许姓人家的老祖是个赌徒，民国初年，输掉了贵州老家的房屋和田产，一副挑篓，一边放大儿子，一边放一对双胞胎，过毕节、镇雄、彝良，穿州过府。经三甲村时，向一户甄姓人家讨水喝，甄姓人家的小媳妇刚好也在哺乳期，奶水又旺，见担中双胞胎嗷嗷待哺，便抱起分别将其喂了个大饱。许姓两夫妇深受感动，又见村边河中鱼虾成群，便搭了个窝棚住下，以捕鱼为生。

三甲村旁边的河流名叫利济河。这条河流现在已经改变了，像文具工厂里一条巨大无朋的墨汁生产线。水是黑的，河床是黑的，河堤也是黑的。如果还要形容的话，我想，它应该是黑夜的巢穴，也就是说，三甲村一带的黑夜，当太阳升起，根本没有沿着天空逃跑，而是卷起身体，一头就钻进了利济河。唉，如果说这条河流仅仅只是黑，也倒没什么，它还脏，成了名副其实的昭通城的一根大肠，所有必须排泄的东西，全汇集在里面。当然，只要时间稍微松动一下，往回倒流二十年，利济河就不是这个样子，它一年四季碧波荡漾，在下雾的早上，河边的泥洞中，手一伸去，就可捞起成捧的鲫鱼。许氏三兄弟许英才、许英武和许英勇，只要在河边倒置一个竹编的捕鱼篓，半个小时过后，就可捕到满篓的抢水的石头鱼。人们用二十年左右的时间就改变了一条河流，这种疯狂，令人有些不可思议。

河流被改变了，三甲村人就说："捞鱼摸虾，饿死全家。"意思是指鱼虾少了，许氏兄弟还想靠捕鱼为生已经变得不可能了。再说，别说鱼虾没了，就算有，它们在黑水中也会主动漂出水面，对伸去捉它们的手和网视而不见。

许氏三兄弟及其子孙们以前捕鱼主有三个途径：一是用渔网捕利济河里的鱼；二是用"须笼"捕稻田里的鱼；三是采

取控干与利济河相通的大小沟道里的水，让鱼不捕自降。这里需要简单交代一下，"须笼"这种捕鱼工具，它由口、脖、肚三部分组成，口极大，圆形，有的直径达两米，有的也可小到五寸左右，它接纳水流，也接纳水流中的鱼；其脖子是关键部位，口部由两层竹篾编成，到脖子处，一层连肚子，一层则分离出来，形成渐渐变小的通道，且不再编为一体，任一根根竹篾自主地靠惯性前伸，形成极有弹性的小口，让鱼可以一滑而入，却没法再游出来；其肚子说白了就是一个仓库，从脖子处进来的鱼全集合在此，只等人届时打开须笼的屁股倒入盆中。

除了在利济河里捕鱼没人干涉外，在稻田里和沟道中捕鱼，都是极不光彩的事。在土地下放以前，稻田里的鱼是生产队的公有财产，沟道是村里人浇灌自留地蔬菜的取水源，一旦被控干，村里人就会破口大骂。像利济河一样，以前的稻田里鱼儿很多，没有农药，鱼多且肥，因此，不仅许氏三兄弟，就连其他村民，嘴里淡了，也常想把某块田的埂子挖个缺口，用须笼捕些鱼回家打牙祭。三甲村人常说："一个小鱼煮十二碗汤，三个小鱼就可讨一个婆娘。"三个小鱼办一场婚宴，传达的信息，有饥寒，也有对鱼类的调侃似的向往。因此，每到夏末秋初，稻田里的鱼肥了，常有人借月黑风高或白天趁没人走动，挖开某块田的埂子，不管稻子正是养穗时刻不能有所闪失而放水捕鱼。那时，村里除队长常巡视稻田外，还有人专门负责全村所有的稻田用水工作，凡见到有人不到节令恣意放水捕鱼，除了把捕鱼工具用锄头挖烂外，还要在村民大会上通报批评。尽管如此，偷捕的现象仍时有发生，见正在灌浆的稻田被人把水放干，专职管理员有时会痛苦得放声大哭，哭完后，就来到村里破口大骂，有时还会指桑骂槐，诅咒具有很强的指向性。多年的经验告诉他，偷捕者不过就是那么几户人家，之所以不能公开地骂，是因为没有现场抓获。秋天来了，稻谷熟了，村干部就派人放水捉鱼，捉了的鱼用箩筐挑着，一户一户地分，三甲村的黄昏因此飘满了鱼的香味。次日清晨，阳光照耀着村子里的每一片屋顶，也把村庄每一户人家门前的鱼鳞照得银光闪烁。

许氏三兄弟现在都已经老了，儿孙成群，但多年的水上作业，因为水的滋润，使他们看上去比同龄人要年轻一些。不像其他人家，分家之后兄弟间便很少来往，他们兄弟仨却常凑在一起，鱼少了，依然天天编须笼、补渔网、谈捕鱼的往事。每到兴头上，还会扯着嗓门唱许家人象征性的黄调："大姐姐来大姐姐，你屁股底下开了一条裂。你吃了多少干黄鳝，你淌了多少黄鳝血？"声音苍老干枯，却极富挑逗意味，路过的村妇听了，吐一口痰，低头远去，三兄弟却笑得满脸牙龈。特别是那对老双胞胎，几十年了，模样仍然别无二致，两人同时笑起来，老让人觉得一个是人，一个是鬼魂。

之十二施姓

施姓属地：吴兴郡，今浙江湖州市吴兴区。

姓氏来历：施姓出于姬姓，鲁惠公之子字施父，曾为鲁国大夫，传至鲁惠公之五世孙时，为了与其他家族区分开，他们便以其祖的字为姓。

施成清是劁猪匠，施成法是泥水匠，施成威是石匠，施成义是补锅匠，施成才是弹花匠，施家五户，当家的都有一技之长，在村里实属凤毛麟角。不过，这都得感谢其父施奇松。施奇松是个瞎子，一生时光都抱着一把二胡，坐在村边大道上边拉边唱，过路商贾听他一曲，丢几文钱，没钱的听听拍拍屁股走人，也有的匠人听了，觉得一走了之有些丢面子，便以手艺回报。劁猪匠教会了其大儿子劁猪的手艺，泥水匠教会了其二儿子泥水手艺，石匠教会了其三儿子錾磨打碑手艺，补锅匠教会了其四儿子补锅手艺，其五儿子则成了弹花匠的徒弟。对此，施瞎子感到很满意，天下大旱饿不死手艺人，五个儿子学的都是独门功夫，自己满眼漆黑，给了儿子们的却是光明之途。

施成清手提一个小铜锣，在十里八村走来走去，小锣一敲，村里人就喊："劁猪匠来了！"按住几只小公猪，让他劁，劁一个五角钱。在20世纪80年代以前，日子过得满桌子的猪腰花。20世纪80年代以后，改革了，乡下实行科学养猪，三个月就出栏，不用劁了，施成清的小铜锣哑了，日子过得十分落魄。

施成法和施成威，20世纪80年代以前虽有让人叫绝的好手艺，却很难用上。后来，昭通城大兴土木，乡下人热衷修坟筑碑，一个进了城，一个去了石厂，两人都挣了不少的钱，最先在三甲村建起了小洋楼。

施成义学会的补锅手艺，自始至终都只局限于为村里人家搞义务劳动。现在，除了塑料用品的普及，村里人的锅烂了，一般都不用再修补，其手艺几等于无。

施成才自拜弹花匠为师，便离开了三甲村，至今下落不明。

施瞎子现在还活着，白发齐肩，坐在村边道上，不再拉二胡。如果有人问他："施大爷，吃了没有？"他便答："上一顿吃了，下一顿没吃。"

乌蒙山记

距离东川十公里

从昭通去东川，在距离东川十公里的路边上，我看见一座巨大的采石场里，只有一个女人在开采石头。我没有把她当成令人哭笑不得的愚公，只是好奇，这采石场里为什么只有她一个人。而且，在她的四周堆满开采下来还没有运走的石头，她一天的开采量少得可怜，甚至可能在一块巨大的顽石下面一无所获。

我走到她身边时，她正高举铁锤，卖力地击打整整一座悬崖。那些石头仿佛有意与她作对，以一座悬崖的身份俯视着她。她的发丛和脸上的皱纹里塞满了石屑，衣服上也扑满了石粉，青筋暴露的双手开了很多裂口，有些裂口还流着血。她转头看我时，那坚毅的目光里，夹杂着对一个陌生来客必有的警惕。

"这个采石场里没有其他人？"明知故问，目的是找出对话的可能性。

"你只看见我一个人，我能看见好多好多的人。"她的回答，提供出来的信息正是我想要的，但还是让我顿时感到背上有一颗铁钉，正被铁锤打入骨梁。我没有再问她什么，她继续挥动着铁锤。当我重新返回到公路上，准备驱车离开，看见她丢下铁锤，挥舞着双手，向我跑过来了。

也许人们都会想，她肯定向我讲述了很多采石场的故事，特别是关于她眼中那好多好多人的去向。事实上，十公里的路程中，我们几乎一句话也没说，她只是搭我的顺风车，到了东川郊外一个打造墓碑的地方，她就下车了。

烟　花　劫

大学毕业后没有找到喜欢的工作，赵雨丰又回到了乡下。对乡村生活他早就恨透了，却没有办法绕道走。耕种是体力活，他做不了，喂养牛、猪、鸡是脏活，他不愿干。每天他都只能躺在床上做白日梦，或者在村子里耳朵上插一副耳机，百无聊赖地闲逛。开始的时候，父母对他抱有希望，就算国家不分配工作了，以为歇上一阵，他就会进城谋职，体面地挣钱，还掉供他上学借贷的那一大笔债务，娶妻生子，光宗耀祖。一年后，见儿子仍然在梦游，并且从不跟任何人交流对未来的打算，更不给父母一点希望，纯粹像个魂魄全都散了的废人，父母心里残存的儿子考上大学时的荣耀与欣喜，全都没了，相反多了一份不安，多了一份更沉重的压力。

距村庄五公里外的狮子山中，住着一个从河南来的道士。村里的很多人去找道士打卦，道士总是一针见血，迷途亮灯，了却了不少人的妄念，治好了不少人的心病，指出了不少人的坦途。赵雨丰的母亲见到道士，道士正带着几个徒弟放烟花。狮子山上晴空万里，烈日白光，烟花上了天空，能听到噼噼啪啪的声响，看不到绚烂的转瞬即逝的图案。

道士看了一眼道观的台阶上坐着的农妇，没有再放烟花。叫徒弟从观里抬出一张书桌，铺上宣纸，用毛笔蘸着一盆清汪汪的山泉水，开始专心作画。清水到了纸上，阳光一晒，瞬间就看不到笔画了，画出的崇山峻岭又还给了崇山峻岭，画出的松竹梅又还给了松竹梅。农妇看了几个时辰，什么也没看到，口渴了，就找道士的徒弟讨水喝。徒弟用碗从道士画画的盆里打了半碗水，让农妇喝，农妇犹豫了一下，还是端起来一饮而尽。这时候，太阳开始斜落，道士停止了画画，提着笔，也不看农妇，径直入了道观。一个徒弟抬着那盆水，跟在后面。

道士来到一扇窗前，站住了，就有徒弟抢先一个身位，伸手推开了窗门。黑乎乎的道观里，阳光从窗口照进来，在地上形成了一块长方形的光影。道士蹲了下来，又开始用毛笔蘸着水，在光影上写字，写的内容是他自己的诗，龙飞凤舞，"笔锋杀尽山中兔"。几个徒弟鼓掌叫好，农妇站在一边，如坠五里云中，想着的还是儿子赵雨丰，不知道这位道士能否指点迷津，只言片语点醒梦中人。

太阳快要下到狮子山后面了，道士还未尽兴，赵雨丰的母亲只好趋身向前，拉了拉道士的道袍后襟，道士并不理会，接着写字。又等了大约一刻钟，赵雨丰的母亲又拉了一下道士的道袍后襟。道士把笔递给徒弟，卷起长袖，擦去额上的汗水，这才转过身来，低声问农妇："白日烟花，纸上水画，光里诗书，你还没有看明白？"

赵雨丰的母亲回到家，月亮已经升起来了，家门口的池塘和水沟里万蛙齐鸣。丈夫坐在门边的凳子上抽闷烟，眼睛望着池塘里的月亮。赵雨丰平躺在山墙下的草席上，跟着耳机里的汪峰唱着《硬币》："你有没有看见手上那条单纯的命运线，你有没有听见自己被抛弃后的呼喊……"丈夫看见妻子回来了，本想问一下结果，见妻子神思恍惚，就打消了问的念头。妻子走到丈夫旁边，想坐下，也没有坐，转身进了屋。丈夫先是听见妻子低声哭泣，后来又听见妻子嚼食东西的脆响。嚼什么东西吃才会有这种又有劲、又提神的效果呢？丈夫心想，一定是黄瓜。

"狮子吼"书店

在巧家县的大山深处，一所乡村中学里，有一个每天都在给未来写信的语文教师。具体一点说，他写的信，都是寄给开在未来时空里一个名叫"狮子吼"的书店，求购那儿出售的书籍。他已经厌倦了身边的贫困、孤单和群山，对号称面向未来的教育也失去了耐心，只想一步到位，直接生活在未来。

"狮子吼"书店非常重视一封封来自过去的求购信。销售人员把地图打开，地图上已经找不到一个叫"巧家"的地方，写信人详细描述的"巧家"，是造物主重造世界之后的一座人间地狱，没有名字，也没有在那儿开设邮电所。但为了不让写信人失望，同时为了捍卫书店对过去负责的宗旨，他们还是源源不断地把新上架的书籍，无偿寄回了巧家。未来之书之所以无偿寄回，是因为中学教师汇去的人民币，在他们那儿已经是冥币，不能流通了，只能烧了，让中学教师自己到可以沟通过去与未来的火焰中去领取。

有一条神秘的邮路，是未来的人们也没有发现的。他们寄出的书籍，巧家群山里的这位中学语文教师竟然全部收到了。书籍上的文字，没有像世界主义者想象的那样变成了英语，仍然是汉字，而且是繁体字。一些我们认为是生僻的、死去的、落后于时代的字，重新大行其道，一些我们天天使用的字，却很少采用了。困扰我们多年的文风问题已完美解决，空话、套话和假话没有了，从上到下统一的腔调、语言暴力和具有排他性的美学，也得到有效修正。中学教师浸淫在这样的汉字中间，既快乐又绝望，感觉自己是一个被撕成了两半的人。他把书上的知识搬到课堂上去讲授，得到的是其他教师和全体学生的嘲笑，都说他大脑出了毛病，精神分裂了。比如他讲授的中国未来的行政区划，把成吉思汗大军到过的地方都收纳了进来，还把印度洋当成了国家的内陆湖。这还不是人们嘲笑他的重要依据，大家觉得他从未来平移到今天的许多日常生活现状才是足以让人笑死的。比如，人们可以像白云一样在天空里自由地散步；人的灵魂已经现身并表达自己独立的意志；地球与火星之间的栈桥上人来人往等等。他照搬过来的《日常生活指南》《狮子吼书店里的幽灵》和《与一家庭教师的通信录》等书的情节，被人们编成荒唐的段子，在微信里满世界转发。

让这个中学教师无比沮丧的是，在他收到的书籍中，也有一部分出自现在一些不为人知的作者。这些人没有出现在电视、广播、纸媒和网络中，谁都想象不到，在未来的经典作家中，会出现张无常、刘录恩、朱温庆和曹梦楼这样的人物。他们是谁，藏在哪一个省，收到过什么杂志的退稿信，人们一无所知。中学教师借暑假和寒假的时间，走遍了三山五岳，大江南北，没有找到任何蛛丝马迹。当然，他收到了一部分出自当下著名作家的作品，让他非常吃惊，这些作品仿佛出自别人之手，现在的版本与未来的版本摆在一块儿比较，很多章节删除了，现在没有的章节又补了进去。立意、趣味和审美出现了天壤之别。典型的例子是，贾平凹的《废都》，那些方格，"此处删去九百九十五字"之类，删去的字全部补上了。一个个会做爱的汉字，比狮子还孔武百倍。对这个中学教师来说，最重要的发现，乃是在两个版本的删除与补充的美学与道德标准上。他明白了，很多现在呼风唤雨的大人物，其实和他一样，都是偷生于人世。

巧家县大山里的这位中学语文教师，后来受了可以与未来通信这一方式的启发，他也尝试着给孔丘、老聃、屈原、王羲之、王维、李白、杜甫、苏轼、范宽、朱耷、王阳明、傅山和鲁迅等人写信，他以为在他的世界中过去的人物也会给他回信，把许多失传的锦绣文章寄给他。但他寄出的信，就像寄给了释迦牟尼和耶稣，诸神没有理他，谁都不想以文字的方式跑到现在来生活。失望之余，他辞掉了教师的工作，从巧家县跑到昆明去当了一张小报的记者，然后又通过招考，进了保密局，做了一个紧锁牙关的人。再后来，不敢触及浮世，他悄悄写了一部《神史》，神为了召见他，让他患上了肺癌，死在了云南省第一人民医院雪白的床单上。

烟　云

抱着石头，我登上了山冈。把石头放在了山冈上面，它的旁边站着一棵松树。松树有着在逆境和孤冷中生长的异禀，也在心里装着火焰与灰烬。石头受雇于时间之外的法术和技艺，早已挣脱了菩萨为其量身定做的所有虚无角色，更喜欢站在广场上或坟地中。它们很多年没碰面了，都以为对方迷失在了裹挟它们的风暴里，或焚毁于闪电与时间，或飞离了地面。

消亡学以前是一门比较冷僻的学科，现在的山水课上，它变成了最接近天国的公共知识。看着一群彩色的鸟儿，从天空奋力撞向悬崖，石头拿出了随身携带的凿子、铁锤、打火机和炸药，在松树面前，表演自己被錾成纪念碑和被爆破为尘土的工艺流程。在太初时代，人、鬼、神共同赋予它的那些不朽的元素，比如坚硬、麻木和冷漠，与铁锤和炸药放在一块儿，就像羊羔和老虎，携手出现在国王的冷餐会上。松树身上，则没有藏着古老而又花样百出的利器，它从粗糙的皮肤下，抽出自己的一截肢体，翻动起年轮之书，告诉石头：斧头一直是隐形的，那些公开的暴政无非是狮子统治了丛林，一台晚会上只有不同相貌的狮子，发出令万物瑟瑟发抖的吼叫。而万物可以做自己内心的隐居者，甚至可以遁土，在地窖和防空洞里生活。然后，这棵松树在石头的注视下，变魔术一样，一会儿把自己变成大床、供桌和灵牌，一会儿又把自己变成刀柄、惊堂木和哨棒，还把自己变成了棺材、木偶、审讯室里撬开牙关或击打肋骨的木棍，以及木虎、木象、木鬼、木菩萨、木枪和木阳具。当松树恢复原形之后，石头还沉浸在这出自我预设的死亡戏剧中，松树又开始不停地折断肢体上的枝条，发出一阵阵骨折的响声。

我是这个哑剧的冷眼旁观者。翻过山冈，手上握住的几块碎石和几根松树枝，被我扔在了山下的水库里。碎石沉到了水底，松树枝漂浮在绵绵不绝的涟漪之间。

短 歌 行

到观斗山去的人，心里都装满了星斗。在山上看见那些星斗，就是他们安装到天空里去的。他们并不需要额外的发光体，之所以千里迢迢地赶赴观斗山，他们迷恋带着星斗风尘仆仆地赶路的滋味，需要观斗山这样一座有仪式感的瞭望台，需要天空这样一片天花板。

我在镇雄县到威信县之间的野草丛生的路上，遇到过很多从观斗山下来的人，从外表上观察，他们普遍有着到天空安装星斗时所获得的孤独与疲惫，少数人似乎还把灵魂安插在了辽阔的夜空里。他们彼此之间没有任何交流，也没有谁坐在路边，给蚂蚁和小草讲授天文学知识。我给一个摔碎了膝盖的老人让路，顺便向他打听如何才能保持长期仰望的秘诀，他斜眼看了我一下，在拐杖的引导下头也不回地走了。很显然，他把我当成了一个恶棍一样的异教徒，而且认定，给他让路，是必须的，只有从他们往来的路面上闪开，我的生命才具有合法性。

我目送他们远去。心里难免琢磨，如果造物主把天空交到他们手上，他们会不会在天空上安装监视器，并顺手建起一批火力发电站和义肢厂？可以肯定，如果真有那一天，天文学一定会取代哲学和政治经济学，天空里也必然会挖出一条条黑暗的隧道，一条高速公路将把天国与阴间果断连接起来。

论个人主义

两个都想剁了对方的人，养育了几十代浩浩荡荡的儿孙，鼓励儿孙们必须剁了对方的儿孙。我住在两个家族之间的一片树林中。树木的品种主要是榉、桤、松、桐，里面没有什么奇怪和名贵的鸟类，都是麻雀、斑鸠和喜鹊。以前有一条大江从我门前流过，后来改道了，不知道从哪一个县流向了太平洋。人们以为，这儿一定有裂谷和悬崖，其实这儿没有，都装在路过这儿的人身上，如果他们拒绝重返人世，这儿就不会有裂谷和悬崖。即使重新出现，也装在后来又出没于这一区域的人身上。孔丘、老子和庄子等人的书，也像莎士比亚、托尔斯泰和博尔赫斯的书那样，都被我烧成灰，拌在大米中，熬成粥，放在林间空地，喂食偶尔出现的野猪和羊群。我不弹琴、不吹箫、不写诗、不练剑术，我只喝酒和遁土。喝酒让我变成一个迷失自己的人，遁土让所有人都找不到我。那两个发誓要剁了对方的伙计，在我的野猪肉或羊肉飘香的晚上，会来树林里找我喝上几杯。他们相谈甚欢，称兄道弟，多次托我带信给他们的子孙，我都把信烧在了他们高耸的坟头，从另一个世界还给他们。

这样的次数一多，我也就明白了，那些正在发生的集体主义仇杀，多半是缘起于两个酒鬼在酒后突然生出的杀心和胡言乱语，他们来找我，其实是放不下浮世上的这杯浊醪。后来，他们再把信件摆到我的手心，第二天早上，我就将它煮在一锅羊杂碎里，喂食树林中那只个人主义的老鹰，也喂食饿昏了的渡鸦。

号　叫

（一）

太阳有着灿烂的家世。这是常识。

父亲头也没抬，问："云朵黑了？"

乌蒙山里的云朵，在天上怎么飘、聚散、消失，人们并不在意，也很少有人抬头去看。阳光刺目。即使阳光照射在白岩石上，又反射回来，也还像刀光，还伤人。父亲不是从手中的镰刀片上看见云朵变黑的，他是觉得背心突然一凉。这一凉，像骨髓结了冰似的。天象之于骨肉，敏感的人，能从月色中嗅到杀气，从细小的星光里看出大面积的饥荒，父亲气象小，心思都在自己和家人的身上，察觉不到云朵变黑的天机，他只是奇怪，天象与其内心的恐惧纠缠在了一起，撕扯着他，令他的悲伤多出了很多。

父亲问的是母亲，母亲继续在翻找过很多遍了的泥土中，翻找着遗漏的土豆，没有接过话来。那时候，我还是一个对什么事情都无所畏惧的少年，正坐在一茬野草中仰望天空。

我回答父亲："黑了。"

天上的云也的确黑了。之前，这片云朵是白的，有阳光照着，它还白得层次分明，不翻卷，不动，静静地悬浮在乌蒙山之上。父亲从地上看到黑色的阴影那一会儿，乌蒙山的后面突然涌出了大堆大堆的黑云朵，遮住了太阳。那片白色的云朵，也就分解了，不在了。

当我看见父亲提着闪光的镰刀，疯了似的往家里跑，开始的时候我有些诧异。看着他越来越小的背影，我问母亲："他跑回家去干什么？"

母亲很冷静地回答："你的爷爷快断气了！"

母亲和我没有跑。我们背着一无所获的竹篓筐，走得不疾不徐。在起起伏伏的石头路上，我能听见母亲肚子里传出来的叽叽咕咕的声响。我的肚子里也在发出相同的声响，母亲装着没有听见。在路过一条溪水时，母亲弯下腰，把手洗干净了，才一捧接一捧地喝水。她喝饱了，才说："你也喝吧，多喝一点。"

至今我都没有想明白，父亲和母亲是怎么预感到爷爷要死了，仅仅因为天上的云朵变黑了？或者因为饥饿，他们知道爷爷承受饥饿的能力在那一天已经耗尽？当我们回到家，爷爷已经躺在一扇卸下来的门板上。父亲坐在爷爷的尸体旁边抽闷烟，见了我们，没叫我跪下，也没有马上跟母亲商议葬礼的事如何操办，就阴沉着那张烟雾中时隐时现的脸。我站在离爷爷有一米左右的地方看爷爷，他的脸上没有肉，头发全白了，而且杂乱、肮脏，死相有说不出来的狰狞。

雨是那个时候开始下起来的，闪电和雷声则把末日的气氛渲染得淋漓尽致。

（二）

家里只有两张床，到我四岁的时候，母亲就把我从他们的床上抱到了爷爷的床上。爷爷的身体从来就是冷的，冬天的夜里，我在睡梦中抱着爷爷取暖，爷爷没给过一丝一毫的热量，相反我总是在抱着他时被冷醒过来。我们的床就在窗洞旁边，每次醒来，我都看见窗外白茫茫的雪，或者白茫茫的月光。

爷爷问："醒啦？"

我说："醒了。"

爷爷撑起身子，从枕头底下掏出几颗烤熟的玉米粒，让我吃，我就在午夜的被褥中，一边冷得发抖，一边嘣嘣喳喳地嚼食玉米粒。爷爷开玩笑地说："这声音，像坟里面的老鼠咬棺材钉。"

（三）

爷爷死去的那天，毛泽东也逝世了。

村子里用松枝扎起了悼念的牌坊，把粮种仓库设为灵堂。每一天，父亲和母亲都得去毛泽东同志的灵堂去守灵，参加悼念活动。只有在那边没有什么大事时，征得生产队长的同意，才回来给爷爷烧些纸钱。多年以后，父亲说，那一段时间，他流出来的泪，左眼流出的为毛主席，右眼流出的给爷爷。

爷爷的死，没敢举行葬礼，几个亲戚把爷爷抬到山梁上，悄悄地就埋了。父亲当然想给爷爷一个葬礼，生产队长是个好人，他问父亲："你葬父是事实，但谁会相信这样一个葬礼，你是在埋葬你的父亲？"

队长还说："全国人民都在痛哭时，你埋葬自己的父亲，会不会有人怀疑你在有意抬高你父亲的身份？"父亲差一点被吓死了，跪在爷爷的灵前，一个劲地号叫，叫了半个晚上。其实，村子里所有的人都听见了父亲的号叫，有些令母亲感到意外，这事却没人去告密。

村子里开毛泽东同志追悼会的那天，我去了。我像全村的人一样，哭得很伤心，流出来的泪水，打湿了脖子上的红领巾。送爷爷上山的那个夜晚，棺木下降，土堆升起，父亲和母亲的心里，其实很希望我能跪在坟堆前，痛快地哭一场，我却哭不出来，反而被山梁上风吹玉米林发出的排山倒海的声音，吓得魂不附体。感觉四周的风里、黑暗里，都藏着爷爷和其他更令人害怕的鬼魂。

（四）

1996年清明节前的一个晚上，我梦见过一次我的爷爷。他面容模糊地站在我的床前，说他很久没见到太阳了，很冷，衣服和被褥都烂了，没有钱购买新的。次日，我骑车跑到昆明郊外的一个小镇上，买回了几沓纸钱，半夜的时候，偷偷摸摸地在单位办公楼下的一个转角处点燃。转身离开纸堆时，遇到了单位那个姓林的老保安，我低头疾走，没跟他打招呼，想必他后来也看到了那堆还在燃烧的纸钱。

表　哥

表哥说，从记事起，他每天晚上都在做着同一个梦：他到一座寺庙去烧香，一旦跪下来，肚子就会饿得像饿死鬼抓心。因此，他也总是会一跃而起，不顾一切地去抢菩萨座前的供果狼吞虎咽。这时，总是同一个和尚来到他的身边，拍拍他的肩膀，把他引到一张饭桌前，看着他毫无节制地吃，直到他活活被撑死。

表哥最终死于胃癌，活了五十三岁。村子里的人都走光了，他的儿子心想不会有太多的人来参加他的葬礼，从医院的太平间直接就把他送到了城郊的火葬场。而且，因为乡下正在禁止土葬，就把他的骨灰盒存放在了火葬场的仓库中。昨天晚上，他托梦给我，说他对儿子的安排一点也不生气，人世间的事情再无理再无情，他都释怀了。唯一让他不太舒服的是，他现在的邻居大多数都是公安机关送来的无人认领的孤魂野鬼，而且基本上都是死于凶杀和车祸，个个都残缺不全，整天血淋淋的。

当然，他还告诉我，他终于找到了那一座寺庙，就在火葬场旁边的松树林中，他现在天天都去找那个和尚下盲棋。一边下棋，一边听火葬场里传来的哭声和鞭炮声。

蟋　蟀

送信的人骑着自行车来了，后架上挂着两个绿色的帆布包。我和几个少年玩伴正在粪堆旁边斗蟋蟀，他停住自行车，一脸笑容地走过来，弯下腰就对我说："坟地里抓到的蟋蟀牙齿最硬、最恶。"我看了他一眼，他绿色的军帽上有大块大块的白色汗渍，衣领上也黑油油的。他接着说："因为那种蟋蟀是吃死人的骨头长大的，叫声也比其他蟋蟀更有威慑力和穿透力。"他说话的时候，眼光是绿色的，束状，冷冰冰的。我想躲开他的眼光，但他的眼光就像有着特殊的引力，我躲不开。他说："今天，我从你外公的坟边经过，就听见他的坟草里有一只蟋蟀叫得令人心里发慌……"

那时已是暮春了，雨水早已把板结的土地泡得软绵绵的，万物生长，世间都充满勃勃生机。按照人们的说法，这种时候的蟋蟀已到垂死关头，一点战斗力和欲望都没有了。我们之所以还在铺天盖地的植物中寻找蟋蟀，斗蟋蟀，因为我们无所事事，不知道还有什么更好的事情可供我们打发一个又一个漫长的白天。是的，无所事事，当大人们都被叫了去开挖人工河，村庄里便空空荡荡，鬼影子都没几个。送信人说："有一次，我在一个杀人犯的坟上逮住了一只蟋蟀，有大拇指那么大，整整一个月，它没有找到过对手。"

后来，我还真的去了一次外公的坟头。绿草茵茵，一片开放了野花，散发着接近于腐臭的香味。我在坟头上坐了很久，还睡了一觉，没有听见一声蟋蟀的鸣叫。当天晚上，坐在家门口白晃晃的月光里，我跟母亲说起这件事儿，母亲说："你怎么会相信鬼话连篇的送信人，你外公的坟是衣冠冢。"在母亲的记忆中，外公三十岁左右就出了家门，去了哪儿，死在了哪儿，谁都不知道。外婆私下琢磨，觉得外公一定死了，狠狠心，在有一年的清明节，给外公建了那座衣冠冢。我问母亲："如果有一天外公又回来了，怎么办？"母亲没有吭声。白晃晃的月光里，邻居家的一条狗坐在不远处，对着出村的道路，漫无目的地叫了好一阵子。

清　晨

鸡刚叫过两遍，几个闲散的人不约而同地就起床了。有的是垂死者、鳏夫，但也有年轻气盛的青年人。红土垒筑的屋子里黑乎乎的，仅有的一个窗子也还没有光照射进来，但他们一般都不开灯，摸索着把衣裤穿上，脚上趿一双拖鞋就出了门。

春夏秋冬，春天的空气里有股骚劲，夏天多雨，秋天的村巷中往往会堆放着从地里收回来的玉米棒子，冬天有凛冽的寒风和积雪，他们都不会因为季节的局限性和多义性阻碍自己的早课。几个人，吸着鼻涕，瘸着腿或敞着胸膛，早早地便汇聚到了张大旺杂货铺门口的草棚内。张大旺比他们起得更早，已经拆卸了店铺的挡板，坐在一盏马灯昏黄的光圈里。谁也不跟谁招呼，右手举起来，向张大旺做出一个上酒的姿势，张大旺就用二两一个的铁皮提子，往酒坛里打酒，扑通扑通的声音和空气中迅速漫开的劣酒味儿，令几个酒鬼眼睛发亮。上了酒，张大旺就用粉笔在墙上按名字记下数目，或者掉头叫一声某某，告诉那人该还酒钱了，再这么拖着，进货的钱就没有了。那人照例会哼哼几声，有时也会问张大旺，能不能用鸡鸭大米之类的东西来冲抵。

"夜里没见阎王派出的小鬼来抓你？"有人这么问垂死者。垂死者不想接这咒人的话茬，偏着头向瞎子："昨晚的月亮发红，听人说你一个人坐在屋顶上看了很久？"瞎子习惯了类似的糟蹋人的语言，置之不理，冲着草棚的角落问鳏夫："你隔壁的小媳妇前晚去找你了，有人在你窗下偷听，说你们……"鳏夫有阳痿病，知道瞎子在羞辱自己，呷了口酒后，这才问瘸子："我昨天听瞎子说，你们家祖坟上的柏树，全被人偷砍了，都做了拐杖，正在街子上叫卖，是不是真的？"这时候，瘸子的酒已经喝光了，举着碗，正喊张大旺，说还要二两。张大旺不想再赊酒给瘸子，磨蹭着，装着没听见，祖坟受了凌辱的瘸子一下子就火了，高声地大骂起来："张大旺，我日你先人，你儿子落水那天，老子是在现场，但老子真的救不了他，你怎么能怪老子见死不救？快点，给老子再来二两！"边说，边一瘸一拐地冲到柜台前重重地把碗砸在柜台上……

　　天空慢慢地就亮了起来。每一个清晨，最先从杂货铺门口经过的，不是别人，是鳏夫的前妻。她疯了多年，一身白衣服，一头白发，一首接一首地唱着山谷里哀怨的情歌。之后，依次出现的是垂死者的儿子、瘸子的父母、瞎子的女儿和几个匿名的佛教徒，他们各有营生，亦各怀心事，机械性地出现又消失，从来也不朝杂货铺这边看上一眼。杂货铺门口的这群酒鬼偶尔会喊他们，他们只会头也不回地应一句："喊魂吗？"那几个匿名的佛教徒，不是村庄里的人，对酒鬼而言，他们来无来处，去无去处，是这道山梁上的几朵云，而且只出现在他们醉了的时候。

中　午

研究藏宝图，已经成了人们中午的必修课。人人都家徒四壁，藏宝图就是他们仅有的财富了。藏宝图上的山，人们认定是乌蒙山中的狮子峰，江自然就是金沙江。垂死者年轻时曾经坐船出滇，在四川盆地里贩卖花椒和魔芋，他指着图中的一个江湾对大伙儿说："我就是在这儿翻船落水的，一麻袋银圆和一个川妹子，都被大浪卷走了……"

瘸子问鳏夫："如果这一吨黄金我们找到了，你想怎么花出第一笔钱？"

鳏夫想了三年时间，也没回答瘸子。

瞎子用手指抚摸着藏宝图，问垂死者："如果这一吨黄金找到的时候，你已经死掉了，你会不会觉得自己很冤枉？"

垂死者双眼盯着瞎子，自言自语："是啊，我会不会觉得自己很冤枉？"从那以后，不管在什么地方，是什么时间，清醒或糊涂，垂死者口中总是念念有词："是啊，我会不会觉得自己很冤枉？"有一天，他问瘸子："你倒说说，这整整一吨的黄金，如果用来打斧头，到底可以打多少把？"瘸子不明白垂死者的意思，他讨厌黄金变成斧头，瘸着腿，到不了世界上，他觉得这一吨黄金应该用来摆在家里观赏，花出去或变成任何器物都太可惜了。但他没告诉垂死者，而是说给了瞎子听，瞎子勃然大怒，一巴掌就朝瘸子脸上扇过去，扇空了，又扇，又扇空了。瞎子心想，他希望大伙儿把黄金分了，其他人想做什么他不管，他的那一份，他想用来换相同价格的墨镜和竹竿。

就在他们认真研究藏宝图的那些日子里，金沙江上建起了向家坝和溪洛渡两座巨型电站，藏宝图上似是而非的地点，都被截流下来的大水淹没了。当然，没有任何人向他们透露这个足以让垂死者一命呜呼的信息，他们仍然沉浸在对一吨黄金的想象中。就在昨天，鳏夫还在对瘸子说："我还没有想好，这第一笔钱该怎么花出去！"

夜　　晚

狮子峰的山谷里有数不清的溶洞。匿名的佛教徒们一直在从事一件伟大的工作：他们决定把这些溶洞全部做成类似敦煌那样的洞窟。他们的人马源源不断地拥来，但由于他们的服饰一致，人们错以为只是几个匿名者在路上，没完没了地走来走去。

金沙江截流，水位大幅升高，他们的洞窟都进了水，一个不剩地淹完了。现在，他们开始在绝壁上自凿洞窟，铆足了劲，铁了心地要创造一个人类文明史上的新奇观。其中一个领头人曾经这么说："即使造不出另一座千佛洞，我们也要在狮子峰上留下密密麻麻的悬棺！"意思很明白了，他们死也要死在悬棺里。

每天晚上，这些匿名的佛教徒活计干得太累了，但都拒绝去平地上休息，他们就让保险绳吊着自己，在绝壁上睡眠。那阵势，没有见过的人也可以想象，他们真的像坚守信仰的一群吊死鬼。

从镇雄到赫章

从云南的镇雄县前往贵州的赫章县，不知道有多少条小路早就存在着。这些小路都在崇山峻岭中，有的小路纯粹因为某个人突发奇想，决定从云南省步行去贵州省。于是，他找来地图画出一根直线（一条充满了天才般想象力的直线），并牢牢记下了直线上的地名，然后就出发了。河山不是地图，这是他也明白的常识。但是，甫一走上这条直线，他才发现直线的距离并不是最短的，特别是当断崖、江河、阴森森的坟地和森林，都汇聚在这根直线上，其实直线比任何弧线和曲线还要漫长得多。令他大为光火的是，要想完成直线上的旅行，他还不得不借助曲线和弧线，甚至得在曲线和弧线上不断地迟疑、重复、惊恐。他错误地以为直线上才有尊严、信仰和速度，事实则告诉他，他的这个突发奇想的行为，足以颠覆他的世界观，也足以用数字来计算他的懊丧、焦虑和绝望，让他明白自己其实是一个无知的匹夫。当然，这次旅行，也终于让这个终生没有走出过乌蒙山的伙计知道了，铁路和高速公路之所以尽可能选择直线，那是因为有数不清的金钱做后盾。

让这个伙计最后悔的事情是，上路前，他给赫章县的朋友们都打了电话，说次日的晚上一起喝顿酒，大家都热情洋溢地到了指定地点，他却杳无音讯。打他手机，不在服务区。人们自然不会知道，次日的黄昏，他在直线上迷路了，一条一字形的峡谷里，藏着无数的直线，他不敢轻易选择其中的任何一条。而且，最终所选的那一条，把他引向了一个荒废多年的村庄。村庄所有的房屋都倒塌了，寺庙里的菩萨泥塑身上长出了粗大的藤条，开满了芬芳的鲜花。他在村庄里乱走，发现到处是坟堆，从建筑遗迹上分析，有的坟堆就垒在堂屋里和床头边。这个发现令他惊恐，因为他断定这儿曾经有过一次连菩萨也阻止不了的瘟疫。闭上眼就可以想象出这样的场景：垂死的人在给死去的人垒坟堆，直到最后一个人死去。那个最后一个死去的人，无人掩埋，村庄里一定有他白花花的骨架子。他想，难说也有逃走的人，不过他已经意识到，那逃走的人不会再回来帮他带路了，一条逃命的曲线上，只有逃命者才有可能生还。他现在需要的是另一根曲线。

十天之后，一个失约的人出现在了赫章县城的街头。一条小路诞生了，可这条小路，即使有充足的后援力量做保证，并付给他一笔不菲的酬金，让他重走一次，他也未必能在云南省和贵州省之间的河山中，重新把它找出来。小路自然没有消失，但它更多的时候只会存在于几何学和个人的口述史之中。我的文字里也会留下这条小路，不幸的是，当我有一天把文字付之一炬时，它就会变成一束火焰。接下来，是黑蝴蝶一样的灰烬。

两个木匠

村子里有两个木匠。他们都热衷于用缓慢的方法，制造速度惊人的物体，比如飞机、炮弹、老鹰、汽车、火车、蜗牛、奔马、自行车和兔子。他们的区别在于，一个木匠的制作顺序是：蜗牛、兔子、自行车、奔马、老鹰、汽车、火车、飞机、炮弹。另一个木匠的制作顺序则是炮弹、飞机、火车、汽车、老鹰、奔马、自行车、兔子、蜗牛。前一个木匠制作完炮弹之后，不知道还有什么东西速度比炮弹快，就逢人便打听。村子里的小学老师，告诉他世界上最快的东西是声音和光，他便制作了一堆手机、喇叭、话筒、太阳、月亮、星斗、闪电和灯泡。后一个木匠就不像前一个木匠那么费心了，做完蜗牛，他还可以做天下所有的一动不动的东西，比如菩萨和墓碑。

村长的父亲死了，把两个木匠都请了去，问他们看谁能给自己的父亲做一口最好的棺材，多少钱都行。对以快闻名的木匠来说，死亡是快的，他给村长的父亲做了一艘奇怪的飞船；反向而行的木匠则认为棺材不仅不会动，还会将一切会动、热衷于动的东西封闭起来，使之变成灰。他便找来了一个铁匠，互相配合，给村长的父亲做了一口镶上木质花纹的铁棺材。村长是个矿老板，有黑社会背景，把两个木匠吊在屋梁上暴打，以为两个木匠会求饶，然后乖乖地给自己的父亲做一口正常的木棺材。让他想不到，一个木匠说："你朝死里打吧，打死了，把我放到飞船里去。"另一个木匠则说："你不用费力气了，直接把我装进铁棺材，我想尝尝活埋的滋味！"

村长只诛心，不杀人。但因怒火烧身，决定做个恶作剧，便让手下人把两个木匠分别装进了飞船和铁棺，第二天再把他们放掉。殊不知，忙于父亲的葬礼，村长把这事忘得一干二净，等到埋葬了父亲，打开飞船和铁棺，一快一慢的两个木匠早就死在了自己制造的器物里。

渡　江

一个老者约我去横渡金沙江。我们翻山越岭来到江边时，暴雨将至，峡谷两边的山顶上黑云翻卷，雷、电、风，像一场百家争鸣的辩论席。坐在山洞口抽烟、避雨，他说起了巴尔扎克俯视夜巴黎时的孤傲与狂野，对着暴雨中的大江模仿巴尔扎克，一声高喊："巴黎，我要征服你！"那时候的巴黎是整个世界的首都，渴望征服它的人，挤满了通向巴黎的每一条陆路和水路，即便是躺在下等妓女怀中的酒鬼和流浪汉，个个都野心勃勃。对那个精神之火熊熊燃烧的时代，我们由衷地向往，甚至不惜与世界作对，也要在自己的内心私设一个自由的热血沸腾的小王国。继而，我们说起屈原以来的诸多文学圣手，风流倜傥，下笔如有神，可很少有人以肉身获取天地的欢心，天地或说世界也没给他们好脸色。他们便把更多的年华、才情、大抱负，都换了浊醪，酒肆里没完没了地叹息。也有人如陶潜和王维，最终找到了去处，终南山变成了个人主义的理想国。巴黎和终南山，梵蒂冈与本主庙，在两个极端左右为难的择选上，我们举棋不定，什么都没选。因为我们确定不了，哪一种选择更具有活力四射的未来。大江日夜流，我们只拥有过客的命。

几支烟的工夫后，天上的乌云散尽了，雷、电、风、暴雨都不知被谁收走了。金沙江的两岸旧世界变成了新世界，阳光、空气和水，仿佛是上苍正在大赦天下，特意派发下来的没人用过的御用品。

我问老者："您还想去巴黎，去干什么？"

他答："我想去那儿重读巴尔扎克，然后，没有任何告别，死在一家旅馆的床上。"

我们来到江边，江水比暴雨前高了不少，也浑浊了很多。摆渡的人把小船撑过来，还没开口搭讪，他已告诉对方，我们只想自己游到对岸去。摆渡人口没遮拦："这条江上，我差不多每天都会遇上死在水里的㑇晢鬼。"他一脸堆笑地看着摆渡人："我们游泳，你跟着我们，一样的给你摆渡的钱。"

我们跃入金沙江的一瞬，摆渡人大声地吩咐，一定要顺应水势，避开漩涡和浮木。江水没想象中湍急，我们也没碰上暗流，几个两米左右高的浪头只是改变了我们预定的登陆点，将我们多送出去了几十米。游到江心那会儿，老者的一颗白脑袋随着浪涛时有时无，我心想，如果他真的没了，我是该在江水中继续找他好呢，还是上岸去，顺着江岸走，直接去大海找他。上岸后，坐在石崖上，摆渡人递了香烟过来，点燃后，我把这想法告诉了他。他没搭理我，丢了香烟，起身去摘木棉花。木棉花大如人脸，最适合开在高山、峡谷、悬崖、巨石和江水之间。他摘了一朵，告诉我，他年轻时第一次横渡金沙江，就为了采摘一朵木棉花。那时，他是江边的一个知青，爱上了一位女知青。

决定回游时，我建议老者把木棉花交给摆渡人，他拒绝了。他用牙齿咬住花茎，还特意找来一根韧性十足的草根，把花和他的脑袋绑在了一块儿。木棉花基本上遮住了他的脸，回游途中，有一会儿我专门游到他前面，掉头看他，白脑袋不见了，只见一朵鲜艳的木棉花开放在江面上。

收　藏　家

某个县城里有一位收藏家。他收藏的对象不是古董、字画和邮票。他也从来不去古玩市场，那些过时的器物，他一点兴趣都没有。他给自己制作了一面印着"收藏家"三个字的旗子，套在竹竿上，天天扛着，在县城的街巷里，反反复复地行走。有时，他也会把旗子绑在自行车后架上，到乡村里去转悠。只要有人好奇地问他："收藏家，你收藏什么东西呢？"他就会停下脚步或刹住自行车，和颜悦色地看着对方的眼睛，如果对方的目光转移到别处，他就什么话也不说，继续赶路。只要对方真诚地望着他，他就会告诉对方，他只是来这儿考察一下，看有什么东西值得收藏。

有人见他进了村，把他喊住，煮火腿给他吃，弄来最好的粮食酒给他喝，目的是让他看一下老手镯、土陶器和一些低级别的玉佩，说只要他有意，价格可以低一些。他知道类似的物件，人人都自称是传家宝，其实都是不入流的盗墓贼从苦寒的坟堆子里扒出来的。但他嘴上不说，只说这些宝贝不在自己的收藏范围内。碰上招待自己的人喝醉了，逼着他问："那你究竟收藏什么？"不说，就要撕了他"收藏家"的旗子，要他还酒钱。他不是胆小鬼，但身上只装了点零钱，遇上这种人，总是满脸堆笑，问对方："你还有什么更贵重的东西吗？"如果难住了对方，他就骑上车走人。也有人是有意难为他，听了他的问话，转身入了里屋，把父亲参加夕阳红健身队使用的铁皮剑拿出来，一口咬定是当年诸葛亮七擒孟获时，手下将军魏延用过的宝剑，冷笑着，逼着他收藏。这种人倒是低估了收藏家的智勇，他一把抓过剑来，手一挥，剑就横放在了对方父亲的肩头上，低头对老人说："这剑不好使，太轻了，下次来，我孝敬您老人家一把好剑，好不好？"只要老人一点头，他把剑扔到地上，扬长而去。让收藏家黔驴技穷的事情也发生过很多，比如，有个人平常只是个单打独斗的小贼，却在一栋貌似无人居住的别墅里，轻而易举偷出了无数的现金和一个条形木箱，木箱里装着一件古董。部分现金用来购置了房产和一辆奔驰汽车，这木箱子里的古董，小贼却不知道该怎么处理，便在家门口叫住了收藏家。收藏家认识这个昔日的小贼，也大体能猜出横财的来路，以不同的方式一夜暴富的事，见多了，也听多了，一点也不在意。入了门，坐下便问："找我有什么事啊？"小贼也不绕山绕水，把收藏家带进地下室，迅速打开了木箱。收藏家一见古董，脸色突变，问小贼："你不认识这东西？"小贼自然是认识的，这城里，又有谁不认识呢？所谓古董，是某风景名胜区内的国家级文物，一块唐代摩崖石刻。收藏家蹲下身子，仔细辨认，没有找出一丝一毫的瑕疵，最后吓得瘫软在了地上。在收藏家的要求下，小贼开车，他们一起去了风景名胜区，近距离地研究了一下石壁上的"真迹"。收藏家得出的结论是，有人把真迹凿了下来，又把仿制品镶到了石壁上，而且做得天衣无缝。

重新回到小贼家中，收藏家让小贼把自己关在地下室里，说是他要好好想想。小贼往地下室放了一堆糕点和水，锁了地下室的铁门，就找朋友赌钱去了。赌了两天两夜，想起了收藏家，跑回家来，打开铁门，发现收藏家没吃东西，坐在木箱子旁边，一动不动。见了小贼，双眼才射出精光，并突然长身站起来，双手分别拍着小贼的双肩，说："我知道是怎么回事了，我想起来了。"收藏家说，20世纪50年代，全国掀起过一次向毛主席献宝的热潮，有一个石匠，便把这块石刻凿了下来，想背到北京去献给毛主席。后来被人拦了下来，石刻又被镶了回去。听收藏家这么说，小贼一个激灵，指着木箱子说："你的意思是，当时镶回去的是仿制品？"收藏家点了点头，又说："还有一种可能，镶回去的是真迹，后来又有人把它凿下来了。"

小贼本来希望收藏家给他指点出手古董的路径，或让收藏家把这古董收藏了，价格少一些都可以。收藏家不是没有动过心，但权衡再三，对小贼约法三章：第一，这石刻不准出手，就锁在地下室中，一旦出手，就去派出所告发他；第二，也不能送回风景区去，镶回去，还会有人再凿下来；第三，不准再向第三个人说起石刻这件事，神通广大的失主肯定在暗中寻找这失物，说出去会引来杀身之祸。小贼牢记这三条，从那以后洁身自好，开了家茶叶店，过上了普通人的生活，石刻也一直摆放在地下室中，谁也不知道什么时候才会重见天日。收藏家没有去派出所告发小贼，仍然天天步行或骑着自行车，满世界寻找值得他收藏的东西，也没人知道他想收藏什么。偶尔他会来到小贼家的地下室坐一会儿，木箱子的旁边，小贼专门给他设了茶案，备了优质的茶品。小贼问过，值得他收藏的是不是像石刻这样的东西，他没有点头，也没有摇头，沉默了一阵，扛着收藏家的旗子走了。

饮 空 记

一

"得鱼便沽酒，一醉卧江流。"我家的家谱上天外来客似的有着这么一句。一本家谱，翻来翻去，都是些木匠和耕农的承袭记录，找不到任何能炫耀的东西，就这句风雅、突兀。也就是这句，框死了很多人的小命，爷爷和爷爷的兄弟们、父亲和父亲的兄弟们，我们这一辈的众男丁，不喝酒的，喝上了不醉不休的，我没听说，也没见识过。我的弟弟雷建阳，三十岁以前不知有什么怪癖，滴酒不沾，打死也不喝。三十岁后，为稻粱谋，到佤山卖苦力，随后回老家开小饭馆，职业需要，放手一喝，竟然是海量，酒桌上酬酢，很少能碰上称手的角色。哥哥雷朝阳，在建筑工地上打工，平常一句话都懒得说，三钢化杯散装包谷酒喝下去，看过的电视剧，可以从头到尾滔滔不绝地复述一遍。"人间诗草无官税，江上狂徒有酒名"，或者"大胆文章拼命酒，坎坷生涯断肠诗"，启祥和尚和洪深的这两句诗，我常常用毛笔写了，自遣和送给朋友，很多人也视我为酒场上的狠角。事实上，我并不嗜酒，与好友三五，聚而畅饮，我从不主动与人拼命。只有在遇上宋连斌、朱零、叶舟、王祥夫、费嘉这样的酒中豪杰时，才会喝出"死便埋我"的风骨，然后落得一夜狂吐或失忆的下场，半点"一醉卧江流"的出尘风姿都没有。

2005年秋的一天，与一群诗人作家去西盟佤山采风，座谈会上谈到了对神山应有的敬畏，情到深处，手舞足蹈，还义正词严地谴责了个别诗人写下的冒犯神灵的诗歌。没想到发言还没结束，一个佤族老人就捧着满满一水牛角酒，歌之舞之而来，一定要我当众喝下，否则有愧于他的敬意和真诚。我不知道一个巨大的水牛角到底能装多少斤白酒，用眼一瞅，头就晕了，但那样的关口，以我的性格，实在又找不出什么有说服力的辞酒理由，只好双手接过来，众目睽睽之下，定神、吐纳，决死般地昂首而饮。饮至三分之一，牛角沉重；过半时，牛角渐轻；饮完，牛角不在了，佤山也不在了，天地重归司岗里，混沌再现。有酒醉经验的人都知道，有一种醉，是灭顶之醉，人醉了，不吵闹猖狂，不吐，不动，身体是热的、软的，命还在，魂魄却被酒神逼到了体外，漫山遍野去闲逛。要等到几天后，身体渐渐觉得自己需个主子了，而魂魄也玩累了，两者又才合二为一，人的眼皮也才会艰涩地、沉重地撑开，侥幸地发现自己还活着。但酒神统治过的身体，仍然像战乱后的废墟，狼烟未散，每个器官如喊不醒的、回不来的残肢断臂，让人沮丧得很，茫然得很。这时候，你费劲地移动眼珠看了看四周，你不清楚自己平躺在什么地方，继而你想求助于大脑，非常吃力地抬起双臂，用十指迟缓地揉着太阳穴，想知道自己是在什么地方被放翻的，这场战乱是因为什么，由谁引爆的，大脑和你一样，它也不知道。一般情况下，这时候，肯定也会有人惊喜异常地尖叫："醒过来了，他醒过来了！"

是的，我的佤山一醉就是这样。如若就是这样，醒了，过了鬼门关了，也倒罢了。关键是，当我力不从心地扛着自己的身躯出现在佤山的阳光下，想找个青山绿水的荣军医院疗伤、静养时，想不到，生活在西盟的诗人李冬春和苏然，像勐梭龙潭上空飘来的两朵乌云，"咚"的一声，在我的脚边，放下了一坛酒。身体瘦小的李冬春，胸腔里养虎养狮子，嗓门大，声音也有虎狮音效："雷大哥，你记不住我写的诗歌，但我要让你记住我怎么向你敬酒！"黑色的帆布包拉开，拿出两个大土碗和一个装一百克酒的瓷杯子。酒先倒入杯中，然后又倒进碗里，一连倒了九次，大土碗也就装满了，清汪汪的，像一大堆刀片。接着他以相同的程序，将第二个大土碗也倒满了，并顺手端起一碗，咕咕咚咚就往嘴里灌。我抬着头，眯着眼睛望着他，随着土碗往上翻，他的一张脸都不见了。他的背后，一公里外就是佤山，向阳的山岭上，不同的植物或黄或绿或开花，山谷里都有雾，挂满牛头的那一条山谷雾似乎更白一些。山之上，天空被佤山之神用白云和清风来来往往地拭擦，一尘不染，蔚蓝里面可以拿出无穷无尽的蔚蓝。有几只黑铁之鹰在山与天之间飞着，是天空和佤山共同的信使，但它们似乎无信可送，天上安静，佤山安静，便在空旷、平整的人类头顶上存在着，肉眼看不见的众神的广场上，以飞取乐，看谁用一次俯冲，便能用翅膀将地上那个喝酒的大土碗掀开。不劳鹰的翅膀了，半分钟不到，李冬春自己把碗从脸上摘了下来，白脸变成了红脸，不是一般的红，红得向外喷火焰，还说着："雷大哥，我的酒干了，轮到你了！"说话间，把另一碗酒送到了我的手上。我低头看酒，它多像一面照妖镜啊。人们说说看，这酒，该不该喝？该不该一饮而光？刚刚才死里逃生一次，我必须再来一次向死而生？

二

写过一首诗《在丘北》，写到了韩旭的醉态，说他"总是在玩着自己逮捕自己的游戏"，而且，韩旭总能"喝醉了，又在醉倒之处，找到酒，找到一块对饮的空地，又喝醉，一个人非常快活地，想把自己抱上软绵绵的楼梯。中途，他又找到了酒，不知道和谁对饮，在一个人的楼梯上，登高折回，偶尔发个短信，给睡着了的人"。在昆明，二十多年来，我与韩旭到底喝过了多少场酒，估计他说不上来，我也是晕的。不过，有一点值得很多人学习，我们之间喝酒，以及与朱宵华、雷杰龙、杨昭等人喝，从来都是欲饮则饮，没有斗狠和拼命。众所周知，韩旭是小酒量，胃还被切掉了一半，按说他想做刘伶和李白，纯粹是开玩笑，可他身体中就放着一个酒坛子，像汽车的油箱，里面没存货，路上跑着，难免会熄火。有一天晚上，我从滇西回昆明，凌晨时分了，过文林街，看见他在街对面，右手贴着耳朵打电话，声音不小，大意是在跟某个作者说，你的小说写得很好，谋篇布局、语言叙事、人物塑造都不错，但有个别细节处理得太草率，一定要改，不改在《大家》发不了，至于怎么改，一二三，ABC，说得头头是道，清晰明白，根本不像喝过酒的人，更不像一个喝醉了酒的人，俨然一个功力深厚又仁慈好善的编辑中的君子。我突生好奇，想知道电话那头的隐身人是谁，走过街，在他身边站住，鬼吹灯似的往他后脖子上吹气，他没反应。过一会儿，还没反应，这才用手拍了拍他的肩头。他一惊，掉过头来，几绺头发遮着脸，贴耳之手朝下放，他的手是空的，没有手机。我觉得他一点儿不好笑，他只是在比画着打电话，跟一堵墙和四周的空气说话。他说的话，是那时候他最想说的话。

翻个陈年旧账。好像是1998年，冬天某日，天降大雪，好多怕冷的昆明人吓得不敢下楼，我们一伙，甲乙丙，松竹梅，约在曙光小区，以雪为邻，先吃火锅，再吃烧烤，虚度一个白茫茫的日子。倪涛从来都酸，踏雪而来，长风衣，白围巾，才进火锅店，就嘟噜着"红泥小火炉，能饮一杯无"和"燕山雪花大如席"之类。朱宵华也会犯酸，但不像倪涛总是湿漉漉的，他的酸，像滇东北的干酸菜，是阳光晒干的，有阳光的味道。他坐下后，不说话，只是不停地向倪涛翻白眼，听得烦了，冒一句："天上写来了这么多情书，正等着你回信呢。"倪涛想接，酒已经上来了，韩旭双臂向上一抬："喝吧，喝吧，难得昆明下雪，又这么冷。"那时候，我们都喜欢喝"小二"，吱吱吱地开盖，人手一个，不用倒杯子里，对着嘴就喝，四口或六口一个，见底了，再拎起一个。那天因为说好还要再去烧烤摊，吃火锅的时候一人三个为限。到第二个时，窗外雪大，倪涛又技痒，且将正理往前一放："他妈的这叫什么狗屁年头，酒桌子上可以脸不红心不跳地说性交，说买官卖官，说尔虞我诈的商场买卖，甚至有人可以当着你的面，吸毒给你看，可一说到理想、正义、诗歌和书法，倒像是做贼心虚，干了什么见不得人的事。这，这，这到底是怎么回事！"说完，喝一口酒，扶一扶眼镜架。某君刚从深圳逃荒回来，用特朗斯特罗姆写果戈理的诗句来说就是"西服像狼群般破烂，脸就是大理石碎片"，优雅、尊严、梦想等一箩筐个人的精神奢侈品，刚刚被工业文明的绞肉机，当成猪下水弄成了劣质罐头，锁住了人间的一个个超市。残兵败将也有愤怒的权利啊，正愁着没人去接那火山口的盖子，倪涛奋不顾身地干了这绝险的活儿，当然他也就忍不住要喷薄。于是，切断倪涛的话路子，唉唉唉地先叹几声，一本正经地开口了："其实，十年前我选择去深圳，是想给这个城市找一个灵魂。"话一出口，大伙就觉得没劲，空了，大而无当了，嚷嚷着与其听你瞎掰，还不如喝酒，什么一个城市的灵魂，人的灵魂都没了，还一个城市，去哄鬼，再牛掰的鬼，也不敢去冒充一个城市的灵魂，找？哪儿去找！某君果然愤怒了，提起小二就用瓶底哐哐哐地打击桌面："你们这群鸟人，活该写诗二十年，个个都还不入流，就一堆垃圾。老子说给深圳找灵魂，怎么了，为什么不能找？十年啊，十年时间，老子钱没有去挣，妞没有去泡，领着一个摄制组，把中国的寺庙都跑遍了，高僧大德也都访遍了，就想做个大型的系列纪录片，做了干什么？做给深圳人看，家家户户去散发，老板发，农民工也要发……"说着说着，头低下了，没声音了。倪涛的长脖子伸过去，问这位兄弟："做成了吗？"这位兄弟用旧电影《大浪淘沙》里的那个书生小弟的口吻说："完了，革命完了……"之后声音又猛然提高："倪涛，你小子想羞辱我？如果整成了，老子会坐在这儿与你们喝烂酒？什么大雪，雅集，老子一点儿兴趣也没有。没有，真的没有。"特朗斯特罗姆的《果戈理》最后一段是："人摇晃的桌子／看，黑暗正烙着一条灵魂的银河／登上你的烈火马车吧，离开这世界！"诗人、诗评家陈超先生是这么解读这几句的："这里，极尽端凝的两句隐喻，既道尽了果戈理的作家生涯与当时黑暗的生存对称和对抗的力量，又道尽了黑暗的生存对作家火烙般的迫害。那个卑污的世界是不值得留恋的。"很显然，在深圳，我们的这位兄弟，也遭到了火烙，吱吱吱，皮开肉绽，一团白烟升起，所以他坐上烈火马车离开了，回云南来了。云南有没有火烙等他，谁也不知道。

之后，在烧烤摊上，一个个喝醉。我还有一点儿清醒，把瘦干巴翘的韩旭扛在肩上往附近的家走，踏着积雪，吱吱吱的声音，听起来似乎还很舒服。小区的大门上锁了，我叫了半天，值班室都没动静。于是，干下了一件疯狂的事：扛着韩旭，就往铁门上爬，结果在翻越铁门时，被一根梭镖戳进牛仔裤，搞得满身大汗，怎么也挣扎不开。韩旭在肩上，有着轻微的鼾声。

三

从怒江州首府六库往雪山方向走，江的两边，遇上的寨子里，都会有教堂。因为有了这些教堂和教堂的启示，那儿的人们顺理成章地，把山水、草木、羽兽、稼穑、云朵和声音都当成了教堂。每一个人都是一座教堂。酒是教堂，字和字母是教堂，生活是教堂。

有一回，在怒江边漫游了十天，从丙中洛返回六库，被人拖着去看了一场"气势恢宏的史诗般的"歌舞剧。看到一群男女仰面躺在地上，举着森林般的手臂，将一个三岁左右的男孩托向火海、扶上刀山，让他去寻找太阳的那一幕时，我禁不住热泪滚滚，五内俱焚，从座位上站起来，一个人跑到向阳桥下去喝酒。那时候，我的儿子也就三岁，肉嘟嘟的小天使，是上帝派来送福音的，每一个器官上都有着充足的太阳的金光，你再卑贱也无法将解决人世苦难的永恒使命，跟他联系起来，至于非得让他担当起寻找太阳的重任，我觉得是强迫症患者和变态狂才会干出的荒唐事。我当然知道什么是修辞格、审美愿望和艺术的力量，但是，坐在怒江边，我想以酒桌设一个审判台，审判扭曲了的人性、涂着庸脂俗粉的人道和假大空的"艺术"。还想以几两鸡脚稗酒把自己放翻，让我忘掉那些与这方山水一点儿也不合拍的东西。人类总喜欢犯一个笑话式的古老错误，因为爱真理就粉饰真理，把遮羞布都挂到真理的脖子上；因为爱权力就放纵权力，把无休无止的罪恶都算在了权力的头上；因为爱一方山水就折腾这方山水。好端端的完美的石壁上官员题字，充满生命力的天赐的歌谣非要请什么大师来改编得"具有时代性"，然后再唱，还要强压给这方山水，说是原生态的。神圣的爱，由于权力、敬畏之心的缺失、不良的文化语境、审美误区、自以为是和智障等因素的胡搅蛮缠，变得装疯卖傻、神神叨叨。一个清新脱俗的少女，常常会把自己打扮得像个风尘女子。一块浑然天成的神品级翡翠，按矿老板的要求，会被雕成一头生肖猪。最不堪的，三岁的女儿，母亲带她去海边游泳，给她穿了比基尼，带她去参加宴会，给她描眉、上粉、涂口红，还穿晚礼服。

朱宵华有过一篇写怒江的随笔，他说冬天的怒江水少，蓝，透亮，清冽，像上帝的一泡尿，夏天的怒江水位高，波飞狼狂，张牙舞爪，则宛若成千上万的疯子在河床上赛跑。他有过几年醉生梦死的怒江生活，怒江在他的记忆中，是唯心主义，也是唯物主义，是二元论的，在两个极端上。不过，他笔下的怒江酒徒，情态是多么的令人向往：喝酒时可以一整天不说一句话，但总会无休无止地唱着。无喜无悲、无生无死、无我无欲，世界大同的歌，在家里，在路边，边唱边喝，"天快亮时，我看见这些男人和女人横七竖八地睡在桥上，他们喝醉了，挎在脖子上的那个酒壶早已空掉。他们躺在桥上，看起来就像是随便扔在那儿的一堆装满了粮食的麻袋，世界，真的软掉了"。当然，他也强调，做一个让世界为之软掉的酒徒，首先自己得一无所有，什么都有，什么都想有的人，他不会也不敢这么喝酒。他写的桥，就是向阳桥，桥下的江滩上面有很多烧烤摊。这些烧烤摊与他写的那些喝酒人无关，那些是来赶集的乡人，即身上没有什么东西可以丢失的人，他们来到摊位边上，难说喉咙里会冒出一把铁锁，唱歌声音出不来，喝酒胸腔打不开，摊位就是歌神和酒神的断头台，更是自然之神的地狱。这些摊位是六库人私设给自己的，属于干部、工人和居民，当然也被外来的观光客和前来公干的人们，以及像我这种人，挪作大舞台和主席台，借以在上面装疯卖傻。也就是说，在这儿喝酒的人，哪怕也醉得身体失去了知觉，还是算不上朱宵华标杆之上的喝酒人，喝死了，世界仍然是硬的、尖锐的，判官同样站在背后。所以，当我试图在这儿正气凛然、一副真理在手的样子，充当着判官的时候，其实，我的背后早就站满了审判我的人。我所持守的那些玩意儿，远不能成为审判他人的证据。叫人灰心的或许还不在于有没有人要反过来审判我，我感到在怒江、碧罗雪山、高黎贡山和众多的教堂的眼皮底下，它们身边上演的戏剧，都是无关痛痒的过眼云烟。人们强加、赋予它们的一切，都是一厢情愿，与时间同在的它们，才是真正的审判台。《阅微草堂笔记》中有这么个说法："白杨绿草，黄土青山，何一非古来歌舞之场；握雨携云，与埋香葬玉、别鹤离鸾，一曲伸臂顷耳。"黄土青山依旧，臭皮囊换了一代又一代，真理也一如怒江底下的鹅卵石，以前的那些，冲圆了，冲小了，冲没了，现在的这些，也不可能会自己长大，岿然不动。

　　那晚是一个人喝，心思不在，酒不是酒，喝到半醉，身边嘈杂，觉得实在没劲，爬到向阳桥上去吹江风，想起于坚写的《横渡怒江》，将怒江写成灵肉难渡的天堑，就从桥的这边走到桥的那边，一百八十二步，过了怒江。给于坚打了个电话，半夜了，他没接，算是打给了黑夜。

有关卡尔维诺的谵言

一

　　翠湖西岸，陆军讲武堂隔壁的一条小巷里，有家茶馆名叫"茶马古道"。茶馆的外面有条走廊，不宽，大约有三米左右。有一段时间，朱宵华、韩旭、倪涛和我，喜欢去那儿泡壶茶，坐着晒太阳。从那儿所看见的昆明，除了高耸入云的省图书馆大楼的傣式楼顶外，一切都是旧的。

　　迎面那堵陆军讲武堂的围墙，不是砖砌体，也不是黑铁栏，是土垒的，上面的石灰已经泛黑，斑斑驳驳，而且有着许多或轻或重的擦痕。靠里面，是一排矮房子，也就是说，围墙的顶端没有常见的碎玻璃片或者梭镖头，而是和一眼看不见边际的屋顶相连，已经渐渐淡出城市的青瓦在那儿横纵密布，秩序井然。

　　如果有人想翻越围墙，到了墙上，他面临的将不是突然的高度，而是屋顶的斜面，他要下去，就得先渡过屋顶，然后再跳。因此，这翻越围墙的性质也就跟着变了，他爬上了围墙，却不是从圈墙上往下跳，而是从屋顶上往下跳。而且，令人感兴趣的是，如果他是一个异乡人，并且之前又没有进行过实地考察，只是一味地凭经验推断——围墙之内定然有着必须围起来的财物或风景——便贸然地爬上围墙，结果上了围墙才发现自己竟然爬上了屋顶，而且昆明的月亮在天上闪闪发光。他敢轻易踩响那些瓦片吗？当然，如果他是个冒失鬼，上了围墙便奋不顾身地朝里面一纵，那又会怎么样呢？

旧的东西，除了跟记忆和擦痕有关而外，它们的确是些连环套，是些突然出现的飞地和斜面。不管是谁，肯定是要往下跳的，那供我们移步的区域又步步凶险，叫人做贼心虚。但不管么说，尤其我和朱宵华还是喜欢用记忆擦痒，坐在"茶马古道"的走廊上，被太阳晒得感冒了，吃几颗彩色的药丸，又接着晒。

一百米开外的翠湖里处处是垂柳，飞着俄罗斯海燕。垂柳是晚风的妹妹，夕阳的情人，笛声的邻居。吹拂、依依，长长的条，柔软，毫无疑问它们是制作宋词的基本材料。我们都想回到宋朝去，因此很多时候我常常觉得坐在身边的朱宵华总是不翼而飞灵魂出窍。

这种生活场景是适合阅读或者谈论卡尔维诺的。我们都喜欢那一个云雾中的古典舞台，一个故事接着一个故事，仿佛时光的乌托邦。

二

诗人沉河在一篇小短文中提及过我是一个喜欢让某些书籍在邮路上旅行的人，让一个绿衣人骑着自行车，将这些书送抵牛皮纸上那些用毛笔书写的姓氏，仿佛是我的一大嗜好。

我曾给沉河邮寄过一本《我们的祖先》，中国工业出版社1998年3月第1版，褐色封皮。潘岱予先生设计的封面上有一座拱门，饰之许多古老的图案。

我翻了一下资料，这种拱门属罗马风格建筑，称之为"罗马风券形门洞"；那些古老的图案有的近似于烛台。在杰克·特里西德所著的《象征之旅》一书中与烛台有关的东西都被称之为"孤独升腾的灵魂"。这样的装帧我谈不上喜欢，因为它过于繁复且容易将该书交给某一段过去的时光，即打入时间的死牢。而《我们的祖先》不应该享受如此礼待，一个幻想的王国，没有边界，自然就不可能被设定在某处。也不可能有一个真实的场所（除了大脑和书本以及网络之外），可以储存一个幻想王国。

给沉河寄的《我们的祖先》是五折书。以前昆明有个阳光书店，现在消失了，在它消失之前，许多书都进行抛售，我买下了全部的《我们的祖先》，它们有的卷边，有的落满尘埃，有的布满水渍，像那些过往城堡的旅人手中的扑克牌。

三

2000年，另一个武汉诗人夏宏，从网络上把《看不见的城市》下载到一个软盘里，通过邮局寄给了我。我拿着软盘，发现它根本没有一本书的任何基本特征，没有封皮、扉页、内页和版权页，不能翻动，与纸无关，缺少油墨的气味，找不到与卡尔维诺相关的半点信息，便把它装进一个信封，上书"夏宏先生惠购的一个软盘"，束之高阁。后来，云南昭通师专中文系的青年教师杨昭来我家，给我带来了《未来千年文学备忘录》手抄本的复印件，他告诉我，干这苦力活的人名叫徐兴正，云南鲁甸县乡下的一个孤独的人，他在阿鲁伯梁子以西，金沙江在那儿从高原滑入四川盆地。

杨昭不反对电脑，也不主张作家应该回到手写时代，我回赠他"夏宏先生惠赠的一个软盘"（请夏宏见谅），五六天后，他从昭通打来电话，说里面全是乱码，没有卡尔维诺没有看不见的城市。我觉得有点好笑，打电话告诉夏宏，夏宏第二天就给我邮寄了译林出版社出版的《卡尔维诺文集》。

四

很多东西是模糊的，比如黄昏；比如云南北部青草滩上的拂晓，以及在那儿萦绕着的气若游丝而又确切得如针尖刺背的喊魂的声音。不要指望我们的身体里都有着一台高密度的照相机、设备先进的选矿厂和冶炼车间，让事实和警示继续潜伏，好比让容易腐烂的樱桃上面继续盖着一层墨绿色的叶子，这比脱口说出任何真相更具有诱惑力。唯有这样，语言的牢狱之灾方可连绵不绝地向下沿袭。

在我、韩旭、朱宵华和倪涛的探讨中，奈保尔的《米格尔大街》，有许多品质源于卡尔维诺的《通向蜘蛛巢的小路》——流氓无产者的家园，无政府主义者的温床，动物世界中"人子"的地盘。卡尔维诺的皮恩为姐姐拉皮条，奈保尔笔下的那位先生则乐意让妻子在另外的男人床上替自己挣取喝酒的资金。

> 夜里我爱听哨兵的喊声
> 当月光照亮我的牢房
> 我爱月亮慢慢地过去。

在一块有毒的土地上生长，我们不能苛求樱桃的颜色和滋味。不难想像，作为一部反映抵抗运动的小说，《通向蜘蛛巢的小路》甫一面世时，由于它没有着意去写抵抗纳粹运动的优秀代表，回避表现英雄主义和献身精神；没有子弹呼啸、血肉横飞的惨烈场面，而是以一种抒情的、童话式的笔调呈现出一支由流浪汉、投机倒把贩子、小偷和兵痞组成的游击队，战争对他们来说，只是古老生活的延续，酒、唱歌、缺少方向，享受着这个世界所能给他们的一切。"……他们继续走着，大人和孩子，在黑夜中，在萤火虫飞舞中，手拉着手。"作为游击队员的皮恩，他所拥有的一支手枪，自始至终都藏在"蜘蛛巢"里，不曾发射一颗子弹。

如果战争不可避免，这或许就是我们所要的战争。2002年夏天，在阅读《通向蜘蛛巢的小路》后，在"茶马古道"，我写了三则小玩意，不妨摘录在此：

之一：狮子

狮子每天都要用二十小时来睡眠，它们只需要拂晓或者黄昏的四个小时，就足以解决好生活中存在的很多问题。唯一群居的猫科动物，享受着动物世界中最严格的秩序：强者进餐的时候，弱者只有旁观的权利。我尽力解答的，就是我所等待的——一群狮子，在它们睡眠的时候，那黄金一样闪亮的毛皮，是否还传递着不可一世的威仪，像死去的帝王？身体是灵魂的故乡，灵魂是身体的意志，我可以走近它们抽象的意志，却不能触及它们终将破败的身体。在我的整个布满风险的生存历史中，有一头狮子一直都在徘徊、觅食、吼叫、奔跑、捍卫领地、出击和睡觉。它是孤单的、高傲的，同时也是凶残的、不守律条的。远离了群居生活，它从不为一头母狮留下的气味而满山寻找做爱的机会，也不会因为情仇而绞尽脑汁。饥饿的时候，它待在梦中，没有任何力量可以胁迫它。也没有任何可能的援助会自动来到它身边。它就这样，没有尽头地跟随着我，一点也不平静，可又与世无争。这样的一头狮子，我无数次地期待过，希望它残忍一次给我看看，希望它从我的历史中跑出去，消逝了，或者给我带回另一头狮子。然而，每一次我都失望了，君临天下，统号群英，梦中的王，最终我只能用我的生命喂养它。忠诚于我的人，今夜，让我把你黄金般的毛理顺，你该睡了，世界很安静。

之二：蝎子

蝎子丧心病狂的交配舞以这样的方式结束：雄蝎将精液排在草茎上，母蝎再将精液收进自己的身体，那摇动的草茎，是情欲的草茎。蝎子无处不在，它们常把自己的国家，兴建在烫人的沙地里，如果它们落入冰块，它们也不会像人一样很快地死去。有一个古老的国度，曾经这样对待犯罪的人：把蝎毒浸入鞭子，再用鞭子击打犯罪的人，那挥舞的鞭子，是死亡的鞭子。母蝎子靠着草茎的精液，养育了数不清的小蝎子，对生活一无所知的小蝎子，身体里藏着剧毒，它们伏在母亲的背上，在黑夜中走遍天下。可它们并不知道，它们其实是饥饿的母亲背上的一小堆粮食。

之三：蜘蛛

山中的日子，滴水的声音，鸟的叫鸣，花朵从根须往上爬直到抵达枝头的脚步声，果实打伤松鼠——松鼠在树下的呻吟，风踩着叶子——叶子经络的断裂声，月光洗干净了狼的脸——狼站在山顶的哭泣声——1990年秋天，当我结束了我的山中生活，我的思想却一直没有终止与山契约；我给山下的安营扎寨的筑路人送去了一颗罕见的玛瑙，它通体透明，有一只花蜘蛛静止于孤独的中心。也许被松脂困住的一瞬，它正准备捕捉前方的一只小飞虫，然而，这颗巨大的松脂落下来了，罩住了它，并把它带到了腐朽的树叶深处——从任何一个角度，我们都可以看清楚这只美轮美奂的蜘蛛，它像卡夫卡，那一个被世界死死困住的奥地利人。山峰与时间给了它一个梦，它被时间的松脂宿命似的抓住了。我们就置身在它的梦中，看着它。它正准备捕捉的那一只小飞虫，也一样地被它抓住了，它在梦中，最先吃掉的是小飞虫的脑袋，然后是身体和脚，它留下了小飞虫的翅膀，那是它必须留下的，它要用翅膀装饰它的网，它要用翅膀，默默地与山峰以及整个世界讨价还价，因为它怕，它怕它猝然的出击是空的，它怕世间万物仍然威胁它，命令它，它怕它的死是真的死了，而它，活了一生，还不知道山有多高、异性有多销魂。1990年的秋天，我与筑路人生活了大约半个月的时间，我刚住下的第二天，一个筑路女工因为无故旷工，被工头惩罚了去山上捕捉带毒的红蜘蛛。女工在山上忙碌了一天，两手空空地回来，工头也没说什么，可这个淫荡的女工却痴痴地，做梦一样地对工头说："红蜘蛛，红蜘蛛，比月经还红。"

这些短章似乎与卡尔维诺风马牛不相及，至少它们像界面两边的物种，阳光像刀一样切开一道山梁，左边的一方，光线里面老树参天、藤萝纵横、昆虫乱飞的密林中，每一种植物，植物上的每一片叶子；每一种昆虫，昆虫的每一种色彩和鸣叫；每一种鸟，鸟的每一种飞翔的姿势，都包藏着一个神秘的王国，都藏着一万种可能；而右边的一方，阴暗、潮湿，一切都在往下掉，空气的粉尘里有水的亡魂，如果有人路过那儿，在飞鸟的眼中，他们就是田鼠或者蚯蚓。虽然我无法明白当阳的一面，那些植物和禽虫所受的古怪的法则，以及它们可能被赋予的理想主义和集体主义的神圣使命，但我并不奢望。卡尔维诺把自己的写作视为"返回家园的航行"，我觉得他比谁都干得对，现象的繁复，本质上的易见与迅速！

五

谈卡尔维诺，言必谈到他在《未来千年文学备忘录》中对未来文学所界定的五个词条：轻逸（LIGHINESS）、迅速（QUICKNESS）、确切（FXACTTTUDH）、易见（ISIBILITY）、繁复（MULTIPLICITY），这五个词条，也有人译为：轻、快、准、显、繁。两种翻译，虽然我不是卡尔维诺，也不懂他的母语，没有现场聆听他讲文学，不知道这些翻译的东西是否如他所言，但我还是隐隐感到，各有各的妙处，前者是繁复的，后者是确切的、准的。我喜欢的轻逸，一如《意大利童话》，这种民族记忆似的文本，其基本结构是"从前……有一天……后来"；所说的故事大抵是从美好到劫难再到大团圆。一般时间，我曾为卡尔维诺这样的大师竟花近三年的时间浸淫于童话而感到费解。想想，一个被定性为集现实主义、超现实主义和现代派技术为一体的叙事圣手，一转身却遁入民间，以一种最易见、最简单的叙事方式千篇一律地找语言的避难所，这的确能让许多人大吃一惊。老祖母的技术，档案管理员的态度，儿童乐园里中年阿姨的工作，卡尔维诺实践起来简直就是一种疯狂。为此，我一度猜想是语言阻碍了他，这位让我们领受了语言的不朽张力的意大利先生回归到了语言的奴隶角色。可后来，我开始渐渐明白，这样的写作才是可怕的，失去了想象的权利，意大利的餐桌上只有永远的通心粉，除了重复，你休想再有其他。这种工作，在云南省作协主办的刊物《文学界》上我罗列了六条放弃的理由：1. 因为蚯蚓只能生活在黑暗的泥土中，我们不敢奢求它能像鸟一样在天上飞；2. 因为蝎子，它们时刻都在跳交配舞，雄蝎将精液射在草上，雌蝎再去收取，这种技术活儿，人类先天就欠缺；3. 因为蝾螈，它们可以在火焰中自由自在地生活，又能在水中出生入死，我们不能；4. 因为飞鸟，在它们眼中，人们每天的所作所为都是按时的戏剧表演，人是娱乐的道具，没有灵魂，可我们总觉得这是飞鸟的恶意扭曲；5. 因为蚂蚁，它们身体细小，却常幻想着要拉动比它们还重大的东西，所以只能累死；6. 因为豹子，它们随时都有机会把猎人当成晚餐……当语言的偏旁部首之间每时每刻都在举办着大师的悲怆的葬礼，卡尔维诺的行为却是在努力让自己回到前生。有些类似于谢无量先生的书法，孩儿体。

童年时代，我和我的玩伴集合在东经102° 52′～105° 19′和北纬26° 34′～28° 40′之间的，一个名叫欧家营的村庄里，对着浩瀚的夜空声嘶力竭地大叫："一二三三二一，一二三四五六七"，星星听见了，巢中的鸟听见了，水沟里的青蛙听见了，青草听见了，正在授粉的苹果树听见了，却只有正在做道场的巫师没有听见。多么没有意义的口号，却是我们快乐的源泉，假如今天，我韩旭、倪涛、朱宵华，结合在翠湖边上高声大叫：

"一二三，三二一，一二三四五六七"，那么，我想，要么是我们都疯了，至少也是醉了，更重要的是，这口号，我们就算疯了，不会再喊出，喊出了，也只是空洞的声音，声音经过肺腑、呼吸道和嘴巴，是非人的。

但在卡尔维诺那儿，他似乎天生就握着一种最普通也最有效的魔法，无论是作为收集人、整理者，还是幻想家，他总能在避重就轻的过程中，准确地、轻松地完成其伟大的叙述，而且，我们所要的、许多作家往往费尽九牛二虎之力也难以呈现的言外之意，很难在他的文字中成为空白。从这个意义讲，他是作家们的老祖母，借老祖母之口及神态和讲述的节奏及氛围，完成了一次对叙述性文本的革命性颠覆。

看看，看他是怎样复述这一个流传于意大利维罗纳地区的名叫《圣朱塞佩的信徒》的童话的——

　　有一个人是圣朱塞佩的信徒，而且只相信圣朱塞佩。他向圣朱塞佩做祈祷为圣朱塞佩点蜡烛，为圣朱塞佩布施，总之他眼里除了圣朱塞佩没有别人。

　　到他死了的那一天，他到了圣彼埃特罗面前。圣彼埃特罗不想接收他，因为他一生做过的善事，只是向圣朱塞佩做的祷告，此外没做任何善事，而且无论是主耶稣、圣母还是别的圣人，对他来说好像都不存在。

　　圣朱塞佩的信徒请求说："您看，我已经来到天堂了，您至少让我见见圣朱塞佩吧。"

于是，圣彼埃特罗派人去把圣朱塞佩喊来了。圣朱塞佩一看到他的这个信徒，就说："好极了，我真高兴你能跟我们在一起。进来吧。"

"我不能进去，那边的那位不想收我。"

"那为什么？"

他说因为我只向您祷告，而从不向别的圣人祷告。

"啊，这算什么!我们不会在意的，你还是照样可以进来的。"

但是圣彼埃特罗坚持不让他进来，于是两个圣人大吵了一顿，最后，圣朱塞佩对圣彼埃特罗说：

"唉，总之呢，要么你让他进来，要么我带着我的妻子和我的儿子去别的地方另开辟一个天堂。"

他的妻子就是圣母，他的儿子就是我们的主耶稣。圣彼埃特罗想最好还是让步，就放圣朱塞佩的信徒进来了。

显然，这则童话不仅仅是写给儿童们看的，但它也不会成为儿童们的阅读障碍。与《意大利童话》中的二百则童话几乎为同一板块的，在卡尔维诺的作品中，当数《我们的祖先》，它们共同形成了卡尔维诺被肢解为古典主义和现实主义作家的基石。稍有不同的是，具有童话质地的《我们的祖先》多了些诡异、非常的想象，更容易让人们从中偷窥到所谓的现实主义、针砭、反讽，以及照妖镜。一切都值不得大呼小叫，三部曲所讲述的故事都发生在远处，而非手边，而且，取材于17世纪奥地利皇帝率基督教大军讨伐土耳其异教的《分成两半的子爵》，其潜在的话题是善与恶，以及完整；将时段锁定在18世纪欧洲启蒙主义时代宏大背景之上的《树上的男爵》，想表达的也是争取自由的话题；至于《不存在的骑士》，类似于传奇，但绕山绕水，想一吐为快的也无非是自我的失落。但作为文本存在，它们就像一群儿童驱赶着穿越窄巷的马，很自然地就撞翻了巷内的一些坛坛罐罐。天下也许存在着许多非说出来不可的话，像结巴表达爱情，像瞎子打手电筒，可我始终认为，快乐的叙述和阅读才是最重要的。古代的善与恶，以及完整；古代的拒斥与反叛，包括自由；古代的异化与失落，连同幻灭，与其说它们一箭穿心、见血封喉的是现实生活中存在的问题，还不如说这些问题是永不泯灭的问题。岂止卡尔维诺，只要人类存在一天，就还会有一支支幻想的军队为之赴汤蹈火。因此，我们所需要关注的并不是卡尔维诺是否撬动了地球，而是他如何讲出了几个伟大的故事。

六

马拉美说："应该做一些超乎寻常或异乎寻常的事情，这样做总能得到回报，如作者的省略，作者的死亡等。"要达到这种程度，我很同意朱宵华的说法，即一个作家要能进入到一种自由的、符号化的写作，因为这是一种更为轻松、更易于抵达文本彼岸的写作。而抵达文本的彼岸，这几乎就是写作的全部本质，是"书写"这个动作停止在"写作"的边缘，是写作者的高空迫降和真正的缺席，是作者的自我灭失。

从这个意义上来讲，卡尔维诺的《看不见的城市》《寒冬夜行人》《帕洛马尔》以及《宇宙连环画》，无疑为我们提供了最可靠的范本。在《看不见的城市》的结尾处有这么一段：

可汗已经在翻阅地图册里那些在噩梦和咒语中吓人的城市地图：以诺，巴比伦，雅胡，布图啊，美妙新世界。

他说："如果最后的目的地只能是地狱城，那么一切都没有用，在那个城市的底下，我们将被海潮卷进越来越紧的漩涡。"

波罗说："生者的地狱是不会出现的；如果真有，那就是这里已经有的，是我们天天生活在其中的，是我们在一起集结而形成的。存在着两种免遭痛苦的法子，对于许多人，第一种很容易：接受地狱，成为它的一部分，直到感觉不到它的存在。第二种有风险，要求持久的警惕和学习：在地狱里寻找非地狱的人和物，学会辨别他们，使他们持续下去，赋予他们空间。"

我以为，这"免遭痛苦的法子"之二，其实就是卡尔维诺的写作姿态，一贯的伎俩。他几乎从不"接受地狱"，成为地狱的一部分，就算置身于地狱之中，他的每一个毛孔、味蕾、嗅觉和眼光，都是离开的，自由的，他善于把一个爬上小腿咬了他一下的昆虫重新命名，安置在另外的场景中，并让它拥有更多的可能。分析家认为，《看不见的城市》是卡尔维诺假马可·波罗之手精心构建的一座人类生存空间与时间的迷宫，全书的九章，象征人体的头脑、双臂、胸部、双腿和生殖器等9个部位。马可·波罗对每个城市巡视5次，象征人的五官，整个小说的构架与人体暗合，而且小说中叙述到的城市都遵循了一定的数学关系，小说的组合之功，精确得超乎罗盘。这却是我在阅读该书时始料未及的，如此太空人走天、长臂猿过林的叙述文本，竟然机关算尽？

照此往下推，叙述了十件互不牵扯仿佛庞大的火车站上拒绝相交、一味平行前铺的铁轨的故事的《寒冬夜行人》，其表面的涣散，也是假象。他让自己缺席，却把"读者"拉入作品充当"替死鬼"，一个套子接一个套子地钻，一次接一次地凸立在现场，使之在线性之上或者平面之上，成为一个个缺少情节和变化的叙述文本中的故事追逐手，或者说，让读者成为了十条断头高速公路上的引导牌。

以二十七个片断组合而成的《帕洛马尔》，据卡尔维诺坦白："帕洛马尔是我自身的映照，这是我创作中最富自传色彩的一部作品，一部用第三人称写的自传。帕洛马尔的任何经验，都是我的经验。"如果看不到这样的坦白，毫无疑问，我们都会把小说中那个下等工人视为梦想家，同他一块儿休假，看乌龟交媾，观察星辰；同他带着一家人在超市中梦幻旅行；甚至同他率真而睿智地思考生死。可一旦底牌亮出来，我们又发现，这个形同云游的意大利人仍然在他的轨道上滑行，而我们也仍然是一群跟在他背后，在他带动起来的风团中，助跑摸高的跟随者，难分真相的迷宫穿行人。

还有什么比写作的自由更令人企盼的呢？还有什么比自由的写作更令作家销魂的呢？在这抵达文本彼岸的写作中，卡尔维诺无疑充当了最好的实践者和开拓者的角色。他用世界的外衣把自己包扎起来，继续借波浪、岛屿、树木、鸟禽和想象中的一切物种在时空中传达着自己的声音。

七

看过陈村关于卡尔维诺的一篇小文，最后一句是："他把什么都玩了一遍，我们还有什么可玩的呢？"这话初听有些戏谑，静下来就觉得有些悲怆。的确，文学是一场牢狱之灾！众峰林立之间，许多人只有透气的份，贴着地皮，扒开草丛，探出头来，张开嘴巴，照卡尔维诺的零理论来说，此时即为时间零，这一绝对时间之后，要么得到空气，要么与空气搏斗，最终什么也得不到。

八

"还要补充一点。本书的打字稿非常整齐地放在他的写字台上，每篇讲稿都放在一个透明的塑料夹里，然后一起收在一个硬夹子里，随时可以收进行李箱里带走。"这是卡尔维诺的妻子埃斯特·卡尔维诺，在为卡尔维诺的《未来千年文学备忘录》（又译《美国讲稿》）一书所写的前言中的一段话。很难简单地说清楚，我竟然心跳不已地喜欢着这段话，也许是因为稿子放在"透明的塑料夹里"这一确切的细节所传达的额外的信息？也许是书稿"收在一个硬夹子里，随时可以收进行李里带走"可能附带上的宿命和哀伤？我这人读书，最容易记住的常常是这些边料，但事实证明，这中间的那句"每篇讲稿都放在一个透明的塑料夹里"，非常准确地说清了卡尔维诺作品所应摆放的位置，尽管他完成的是一种没有边界的文学。作为一个用梦写作的人，在《未来千年文学备忘录》关于"轻逸"时他说：世世代代的文学中可以说都存在着两种相互对立的倾向；一种倾向要把语言变成一种没有重量的东西，像云彩样飘浮于各种东西之上，或者说像细微的尘埃，像磁场中向外辐射的磁力线；另一种倾向则要赋予语言以重量和厚度，使之与多种事物、物体或感觉一样具体。他主张轻，应该轻得像鸟，而不是像羽毛。也许只有这样，这轻的东西，才能放进行李箱带走。不可思议，如果行李箱里放的是石头、钢锭和生铁，谁还能带上它，满世界走。

20世纪80年代有过一种说法，中国的当代作家们之所以成不了大师，一个重要的原因就是大伙儿只知道把文本当成一辆东风牌货车，争先恐后地在生活中不停地搬运矿石，很少有谁建立起了一套行之有效的理论体系并在它的光影中舞蹈。我是个中间派，对此不当助推器，也不愿做挡道的螳螂。不过，在阅读《未来千年文学备忘录》的一个个瞬间，我确实感到做大师的不容易。卡尔维诺说轻逸的时候，感到人家的作品多么轻逸，而且拿得出依据；说迅速或说速度的时候，人家的作品在思想、叙事、思维方面无一不具备速度。他说："从开始创作生涯那天起，我就把写作看成是紧张地跟随大脑那闪电的动作，在相距遥远的时间与地点之间捕捉并建立联系。"说确切的时候，我们更能体认到那《看不见的城市》中，一根根直线、一道道拱门、一条条河流……它们不是虚拟的，让人感到它们如刀锋一样切入大地肌肤之间，它们的确切，抵达了"没有想象才是最大的想象"这一境界；说易见的时候，人家的作品，是的，有迷宫，有连环套，有陷阱，却能不费劲地把其中的"我"刨出来，全世界人民都喜欢的浮世绘，就在一朵云块下悬浮着。如果谁不能从《分成两半的子爵》和铺天盖地的《意大利童话》中看见善与恶，他肯定是一个与语言无关的生灵；说繁复的时候，人家的作品，《寒冬夜行人》，已让我们深刻地领教其繁复，且不再提该书的结构，就说第一章开头那关于"书"的翻云覆雨，就让你觉得脚下的道路永远都是蜘蛛网，你要去哪儿？上帝也不知道。

一切都是早有安排，所谓神来之笔是步步为营的结果。诗人车前子写过一篇文章，名叫《不存在的卡尔维诺或讲故事的人》，其中有一段很说明问题："我读卡尔维诺的第一篇小说，是《阿根廷蚂蚁》。我记得读它时正躺在床上，读着读着，觉得小腿肚子上有个小东西在爬，痒痒的，我搔了一阵儿，还是痒痒的，还是有个小东西在爬，我揪掉被子一看，小腿肚子上果然有个褐色的小东西，我忙按住它，想把它按死。后来才弄清它是个黑痣，早在那里了。"

九

与此相对应的则是另一个极端——有一回，也是在翠湖旁边，一位诗人朋友为了捍卫卡尔维诺的尊严，也是为了维护他的"爱好"的尊严，曾与另一位对卡尔维诺出言不逊的朋友唇枪舌剑，继而掀桌子，摔碎茶杯，彼此大打出手。被视为对"巅峰之作"存在智障的人眼睛被打紫；被视为是"翻译语言"小仆人的人手上被打了条裂口，流了许多血。

卡尔维诺肯定想不到有人会为他用身体打架，发出嘭嘭的肉的声音。在有些人看来，两个打架的人其实是可以组合成一个完整的人的，像那个分成两半的子爵。但问题是，这种对抗与善恶无关，而且彼此的血型及所有的生理条件都不吻合，在医学上不具备缝合的前提。对打架事件我一直保持了冷漠，因为它同时具备了非现实性和现实性，这种搏斗是必须的、阻止不了的。而这些也正是卡尔维诺给我的最大的启迪。

最近，我没有去翠湖，前天，朱宵华、鲁布革、胡一刀三人约着来家中吃饭，喝酒的声音大了点，邻居就来敲门，对着我耳语："都什么时候了，你还呼朋唤友？"我记得，当时我脑袋中跳出来的就是卡尔维诺在《自传》中的所写的那句："任何东西都能改变，除了心中潜藏的语言，这是一个比母亲的子宫更具排他性和终极性的世界。"纯粹的答非所问，落入想象中的邻居一头雾水。饭桌上，诗人鲁布革说："语言是一种魔法，可到了更多人的手上，就成了魔咒。"他说得好，我就什么也不说了。

在 神 木

平时爱读地方风物志，对一个个把自己视为"地球之心"的小镇总是有着绵绵不尽的好奇。有的小镇说自己曾经交通六合、坐断十方，有的说自己出过什么什么大人物，有的干脆说自己就是人类文明的祭坛或者教堂。总之，风物志里，每个小镇都是皇帝与庶民混在一起看戏的不朽戏台，其中的每一段介绍性文字，无不精神抖擞，像星星一样高远而又明亮。我不认为这是小地方人的夜郎自大，也不以为是人们对着迷局般的过去胡说八道。事实上，每个小镇的确在不同的时间段里做过天地的枢纽，人世的地标，无非是昨天的紫禁城变成了今天的博物馆。没有永恒的人世，时间总在做着更替与混淆的游戏。

神木这地方我以前来过，还在毛乌素沙漠里写过几首短诗。其中一首是这么写的：

　　大风吹走了我的苦命
　　病马和残稿，毛乌素沙漠上

我只抓牢了掉队的风尘

落日壮丽，天空里的枯草

在弥留之际认输，接受活埋的

结局。早现的星宿，磷火闪闪

顽固地复述一成不变的命数

意外出现在无定河边：一根枯骨

借我的身体，六神无主地

复活，站了起来。从此，我多了

一份枯骨的活法，以死的方式

活于沙土。它则成了一个诗人

在人世上走南闯北，心上

则打满了枯骨的邮戳，活脱脱

一个匿名的亡命徒

　　沙砾是人骨，荆棘和荒草是毛发，我试着与一根枯骨互换命运，我躺下与草木同枯荣，它站起来以诗人的身份再活一次。它没有站起来扮演诗人的角色，我却从此有了它露宿于沙漠的枯骨的身份。人生天地间，忽如远行客。从那之后，不管我在路上还是回到了故乡，我的身体始终没有离开神木或说毛乌素沙漠，仿佛我去过这地方就注定属于它了，再也走不回来。远，远行，供自己访远的身体，比天地还辽阔。我是相信有前世的，还相信万物有灵，我觉得自己应该是这地方反反复复的战乱中一再战死的兵卒、马匹和信鸽，甚至可能是战士手中一把活着的刀，现在重来这儿，是以诗人的身份来寻找过去的自己。在沙漠上，我脚步很轻，害怕被踩疼的沙粒儿突然叫出我的名字，也不敢触动草叶，怕它们替我流出一摊殷红的血。那天，坐车去石峁古城遗址，我竟然心里发慌，车窗外荒凉的山峦，冷飕飕的树木，看上去一点也不陌生，似乎我无数次见到过。我是当年的采玉人，还是信使，或者战败的大军中的小头目？站在遗址上，我发现，有一个城垛我在上面烤过太阳，那些祭祀的头盖骨，多半是我的亲人和战友。隔着几千年的时间，我悄悄用手刨了刨阴冷了的一堆土，想找出当年送给妻子的那块玉佩，多么令人失望，它不在原来的地方了，谁拿走了它，我不知道。

　　人立在石峁城遗址上往四方远眺，抛开内心对往昔的感应，即便以一个初到这儿的人的目光，也会觉得自己没有活在现在。冷霾之下，起伏而又寂寥的山，山上的枯草，灰色的山谷以及上面的天空，在北方人的眼睛里，这是常态，没有什么值得一愣或一惊，在我看来，却不是这样的。它们分明从来也不迷信改天换地，造物主设定的标准没有被篡改过，埋葬过无数尸骨的山还像荒山，金字塔般的落日一再经过的天空还是苍天，狼烟四起的山谷仍然是空谷。我什么也没看见，又觉得自己什么都看见了；我什么也没想，又觉得已经是一个自己审判自己的思想家；我什么也没经历，又觉得自己早已挫骨扬灰。我对这样的景象实在提不起心力，气短神疲，怀古如自戕，祭坛之上，所谓望远，也是为了把自己内心的兽类吓回到身体里。

　　让我得以喘息的还是山下的高家堡和千佛洞，虽然也是遗迹了，依稀还能辨出动人心肠的人间烟火。但又让我稍有不安，站在惨遭毁灭的千佛洞里望高家堡和窟野河，洞口的形状是一只巨大的石眼睛。在高家堡的街道上行走，标语、匾牌、房屋上的饰物，其寂静下来的喧嚣与稀少的人影形成反差，空空荡荡的时空里透出革命性，也凸显着戏剧性。不是因为《平凡的世界》剧组在这儿拍过戏，对这儿本已染上尘土的万物进行了重新命名，一切都又复活了，而是让人觉得这儿的古树都是戏骨，一砖一瓦，一坑一墙，无一不是戏子，就连空气和风声，凌乱的炊烟和沉默的小巷，都还沉浸在戏的角色里，怎么也退不出来。范佩玮的《高家堡史话》一书中说："千百年来，在这片神奇的土地上，演绎了无数的故事和传奇，一山一水、一草一木、一街一巷、一砖一瓦都凝结着岁月的光影，留下弥足珍贵的记忆。"这种说法是值得尊重的，人都受雇于记忆，受雇于传奇和史诗，当然也受雇于过去的戏剧和正在上演的影视。正如站在城楼上的那一会儿，我总觉得，这小镇的某个地方一定有一台摄像机时时刻刻开着，我在它的某部影视作品中，已经是一个角色——跑龙套的。

自由的散漫

一

那天地巢车站旁边有四辆车追尾，导致东风西路和人民中路陷入瘫痪。领导让我去采访。在途经南屏街的时候，我突然看见了李彤。这小妮子正紧紧地贴着一个模样俊朗的男人，朝百货大楼方向走。他们边走边窃窃私语。偶尔她还会踮起脚尖，翘着小嘴，在那男人脸上亲上一下。当时，由于要赶到车祸现场，我骑车的速度极快，几乎来不及与她打声招呼，就与他们一擦而过了。可车行出六十米左右，我又觉得，不喊一声这小妮子，自己在心里就痒痒的，就一个急刹，左脚踩着脚踏板，右脚撑到街边的花坛上，停了下来。花坛里的花，是昆明满街上最常见的那种，它们以集体主义的方式怒放、灿烂、凋零，所以当我停下来等李彤的时候，我根本没看清它们是无边的白呢，还是无边的紫，或说是无边的红，只是觉得它们有着炫目的颜色，在花坛里不停地叫嚷着。等了约一分钟时间，我想李彤和那男人肯定已走到了与我平行的地方，就一声大喊："李彤！"我没想这小妮子一定会撇下那男人，活蹦乱跳地跑过来，像往常一样，对着我，先是把脸笑灿烂，然后像只张开翅膀的大鸟一样，毫无顾讳地与我来上一个拥抱。我甚至调整了一下双脚的着力点，让身体尽可能地保持稳定和平衡，以求让其足以抵挡住任何人为的冲击。可是，我的喊声没有得到任何回应。于是，我又想，一定是这小妮子发现了我之后，正蹑手蹑脚地从后面静悄悄地逼上来，力图出其不意地从后面搂住我的脖子，然后问我："我是谁？"而我则回答："一个小疯婆子。"

这里须要交代一下的是，这些年流浪于昆明，在工地上打工、当保安、做推销，最后才经朋友介绍到现在所在的这家报社跑社会新闻，我一直靠的就是一厢情愿的想象，才得以让自己所谓的生活的柔软部分变得有些鲜活。在工地上时，因为我多识几个字，工头安排我开搅拌机。开搅拌机其实并不是什么好差事。首先它不是一种集体劳动，喧嚣是别人的，劳动的快感是别人的，爬高下低体验疲倦或站在楼顶鸟瞰昆明感受高高在上的愉悦，也是属于别人的，剩给我的只有几个机械性的动作：反反复复地摁着几个指向确切的键；其次，开搅拌机总是得在阳光下、雨中和风中坚持工作，这种开阔地上的作业，偷懒可以被一目了然，走神可以被一目了然，甚至满身尘土、满身臭汗、满身雨滴以致狼狈不堪，也可以被一目了然。总之，开搅拌机表面上是工头施恩，实际上是被人弄了去干类似于体罚的活。然而，那一年多的时光我还是撑了过来。我"撑"的方式就是想象。工头的女朋友是个四川妹子，虽然长年生活在工地上。但仍然肌肤如雪，与众多在工地上打工的乡下妹不同，这女子仿佛一个出身于书香门第的大家闺秀，线条流动但气韵内敛，说话、动作、待人从没野路子，娇羞嗔怪也从不做作刻意，极具亲和力。她是工地的炊事员，开饭时。有大胆一点的工友常拿她开玩笑，说她没结婚，但已享受着结婚待遇。她也不恼怒，笑笑了事。我开搅拌机的地方距伙食团有五米左右的距离。这距离不远不近，正好可以让我每天都看着她上街去买菜，捡菜、洗菜、淘米以及洗衣服。并且，让她感觉不到我对她的观察。这真的很好，非常好。她可以轻松地、自由而散漫地干她的活，我可以装出看天或一副饥饿状地，或用眼角余光或正眼地朝她那边看。偶尔还可以看见她认真地清洗乳罩和小裤衩之类的衣物。有时甚至还能看见她弯腰洗菜时衣领内丰满的乳房。晚上，住在漏风的工棚里，我就把风吹工棚的声音想象成她的脚步，想象她已经和我私底下有了一腿。但表面上我们装着谁也不认识谁。读高中时曾读过诗人歌德的一句诗，他说："伟大的女性引导我们前进。"我想，那一年多的时间，我就在这个不知姓啥名谁的工头的女朋友的引导下挺了过来。之后，干保安，我靠的是对成群结队的小姐们的想象，并在想象中对她们进行排队、分类，最终让她们得以进入我的内心，像开烂了的花一样充满我的肉体的每一个角落；再后来搞推销，我是把推销点划定在住满了小蜜和二奶的一个小区，每天我都去敲她们的门，把自己想象成风尘仆仆的归家的男主人……

应该说，我的想象全是空对空的。正如这一次，当我足足等了两分钟，仍然不见李彤从后面扑上来。掉头一看，秋天的南屏街上，只有金色的梧桐叶在陌生的人流中漂来荡去。李彤和那个男人仿佛从来就没出现过似的。

二

真正认识李彤是在KK酒吧。她也是我们报社的员工，跑广告的。在我进入这家报社半年多来，由于社会新闻部人手少，而满城的社会新闻线索又像地里的韭菜，一刀割了，又齐刷刷地长出来。刚刚城东的超市有保安搜了女顾客的身；立马西城又有人反映他家买的商品房开了一条裂缝；这儿一小时前有一男子戴了假发胸膛上塞了两个馒头冒充女人抢银行；那儿半小时后一个老奶又说她家买的猪肉里有一条一尺长的虫；一分钟前刚采访完嫖客要求打发票小姐没有嫖客愤而投诉的消费案，才想喝口水休息一下，领导又说火车站附近有一歹徒用迷幻药放翻了一个乡镇企业家……一个字：忙！我差不多忙得像玉溪卷烟厂生产线上的一个零件。每天都疯了似的在昆明街上蹬着自行车飞奔。用一位文化版编辑的话说：社会新闻部的人，每个的自行车的链条都是发红的，火星四溅。因此，虽然与李彤同在一个屋檐下混饭吃，可很少见她，偶尔见了，也只是点点头。但感觉上。她是个知道自己美不胜收而又敢于怒放的女孩子，似乎报社里的男记者、男编辑，除我而外，每人见她，都可摸摸她的头，拍拍她的肩，在她胸罩带毕现的后背上磨磨蹭蹭。与我同室办公的小刘有一天还对我私下讲："知道吗？她是总编的那个。"接着，小刘又说："我告诉你，可你千万别跟人讲，去年报社的人去丽江玩，我跟她也上过床。"在昆明的休闲圈里，两个男人同时与一个女人有过特殊关系，人们就管这两个男人叫表兄弟。最先得手的那个男人，无论年长年幼，一律当表兄。由此，我对小刘说："你跟总编是表兄弟，以后一切可要关照关照啊。"小刘笑笑，吐出一个字：臭！

跟一个女人有性关系，又敢于拿出来公开炫耀，一般有以下原因：（一）女人是名角；（二）女人的确不错；（三）这男人有毛病。我想，李彤应该属的确不错的那一类女人。首先，她有着一种近似于腐朽而又极具毁灭性的美。只要认真推敲，每个人都可轻而易举地发现，她的整个面部的线条，都类似于莫迪格利阿尼画笔下的那些女人的脸的线条，果断、残忍，但是充满了燃烧的欲望。其每一根线条都是一个面，而非线性，表象上是凝结着的，底下或说里面却是剧烈运动着的。而她的整个身体，如果必须描述，我只能说，它是魔鬼搭设的栏栅内，动荡着一座异美的怪兽公园。或许也正是因为这些原因，大凡广告客户，似乎没有她摆不平的。她拉的广告，几乎占了报社广告收入的三分之一强。当然，比如小刘之类的人很清楚，她登的广告价位也是全报社所有广告员中最低的，别人要两万才能上的广告，轮到她，一万也行。

　　我以为像李彤这样的女孩是永远也不会与我有任何瓜葛的。可是，我错了。一天黄昏，当我刚从一个瓦斯爆炸现场采访回来，倒了杯茶水，正准备摊开稿纸写稿，我的手机响了，是李彤。她要我立马赶到KK酒吧。我说，我手上的稿子是明天的头版头条，死了十个人，总编已给我打过几个电话，说他正等着看稿呢。李彤说，什么破稿子，你赶紧来吧，总编那儿我搞定。我说，这怎么行呢，发不了稿，我可要丢饭碗的。李彤说，这怎么不行？谁敢砸你的饭碗，那我先砸他的饭碗，再说，你的饭碗，我可以给你。我不知该再说什么，举着电话，停了停，喘了口气。李彤接着就说，别骑你的破车了，打的来，快点。讲完就挂了电话，我的电话里全变成了忙音。

　　KK酒吧在翠湖旁边的文化巷里。文化巷是一条狭窄的小街，两边的老房子很多都是滇式建筑"走马串角楼"中的精品。由于它距云南的两所最著名的大学不远，所以，长期以来一直是大学生和留学的老外们闲逛的好去处。近年来，不知是谁先在此开了家酒吧，见生意火爆，酒吧也就一家接一家地开了起来。有一阵子，几家本埠的市民报的时尚版还将目光锁定在这儿，它们的意思是，一定要把文化巷炒作成昆明的三里屯，让它也成为酒吧一条街。可这场轰轰烈烈的炒作并没有生效，因为人们很快就发现，眨眼之间，文化巷就被推土机毫不客气地推掉了一半。"红星""北门""半张脸"等几个著名的酒吧全都变成了废墟，而幸存的KK以及一些小酒吧也一一呈现出唇亡齿寒的破败气象。

从报社去KK酒吧，有几里路，要过无数个灯口，加之还值车流高峰期，走走停停，到的时候，天已经差不多黑完了。KK很冷清，悬挂在外面的灯笼扑满了灰尘，吧内除了李彤，也再没有另外一个客人。李彤所选的是一个临窗的桌位，从那儿可以看见美丽的翠湖公园，见我进来，李彤向服务小姐招了招手，来两盘炒河粉，一打红河。点完，李彤站了起来，调动身体的每一位部位，向我做了个请的姿势。接着便笑盈盈地对我说，马枫，你一定会感到很奇怪，我为什么要约你？我为什么知道你的手机号？我为什么知道你喜欢炒河粉、喜欢喝红河啤酒？这些事都不重要，重要的是，今天晚上，我决定跟你在这儿不醉不休。顺便说一句，知道"KK"是什么意思吗？是"昆明之吻"的英语缩写。说到"KK"的时候，李彤的表情闪过了一丝狡黠和隐隐约约的羞涩。

炒河粉端上来，由于整天在瓦斯爆炸的矿山上采访，我真的很饿了，也就没管这是第一次与李彤这样的人如此近距离地相处，便风扫残云般地吃了起来，只几下，便没了。李彤自始至终没动叉子，一动不动地看我吃。见我迅速吃光了，便将她那份移了过来，我摇了摇头。她说，马枫啊，看你吃东西，听着你的牙齿有力地嚼动，看着你的腮帮痛快地起伏，这真是一种享受。我说，是不是像头狮子？李彤说，狮子用餐我没见过，倒是看见过牛汲水，而且，看牛汲水，还可以看见水在牛肚子里鼓动。我说，要不要也看看我的肚子？边说边做起掀衣服的架势。李彤也不制止，只是头一掉，把目光投向了翠湖。翠湖已经漆黑一片，那些白天绿油油的树木，现在看起来，像一堆堆起起伏伏的黑色丘陵。

我说，李彤，今天找我究竟有什么事，这么火急火燎的？没事就不能找你吗？李彤说。说话的时候，她仍然看着翠湖，她的声音就像是风从外面吹进来的，似乎有些远，也有些低迷。平心而论，在自己的想象中生活了那么久，我梦寐以求的就是真有一个女人来找我，哪怕我们之间什么事都不发生，只要能来找我就行。可我点上一支烟，再次提醒李彤，明天我真的要发稿，如果有事，说定了，我一定去办，但至少要让我把今天这篇稿子写出来，发掉。李彤终于把头转了过来，不过，她一句话也没说，摇了摇头，笑笑，然后把她那盘炒河粉又移到自己面前，低头吃了起来。她吃饭差不多没有声音，这跟我印象中的李彤的性格存在着很大的差距。我说过，她是一个知道自己美不胜收但又敢于怒放的女孩，可眼下的她，仿佛正把自己往夜色里藏。

那天晚上，我们就这么耗着。喝了半打左右的红河后，我才正式忘掉自己要写的那篇稿子，李彤不是说，总编由她搞定吗？之后，我们的话题借着酒性，渐渐地铺开了。先我们聊的是足球，李彤说她喜欢巴蒂，有理无理就想射门，每次见他射门，总感到自己的身体总是在与球门一块儿颤抖。当然我们也谈到了性，为此她还降低了声调。话对路子的时候，一打红河啤酒喝光，我们又要了一打，又喝光，我们就都醉了。那晚上，我们一点正事也没说，起身离开KK时，天下起了雨。

三

第二天早上醒来，我的身边躺着李彤。其实应该这么说，第二天早上，当李彤一觉醒来，她发现在她的身边躺着一个男人，那就是我。之所以要这么变一种陈述方式，因为那不是在我的出租房，而是在李彤的公寓里。

李彤的公寓坐落在湖滨路。据李彤后来讲，那是她祖父的遗物之一，本来一直空着，近年来她才搬进来住。那是一栋法式建筑，有水门汀地板、百叶窗、壁炉，会客室里甚至还挂着一座完好无损的子母钟。房子的四周全是梧桐树，早年牵挂于树干上的电线和电话线，已经被树肉严密地包裹起来了。房子共有两层，现在，我和李彤就躺在二楼一间30平方米左右的房间里。她正侧着身翻看着一本时装杂志。

见我醒来，李彤就把杂志往枕头下一塞，转过身，把脸埋到了我的胸膛上，边吻着，边喃喃自语。她的大概意思是，人有时真的很怪，对那些狗一样围在身边的人可以置之不理，但总是会把一个陌生的男人领到床上来。她讲话的时候，我将身子往下移动了一下，以便用她那长长的头发将自己的头颅埋掉。我很难相信这一切都是真实的。

然而，我最初的预感也没错，在又一次的做爱完毕之后，起床来，李彤说，马枫，约你出来，的确不仅仅是喝酒和做爱，我真的有件事情想请你替我办一下。李彤要我替她办的事情是，最近她接了一单广告，全是软广告，得在我们报纸上连载半年左右的时间。她说，她喜欢我的文字风格，客户也敲定要由我操刀。至于我的报酬，李彤说，两元钱一个字。

两元钱一个字的价码，据我所知，李彤完全可以请到我们城市中一些著名的作家来代劳。因此我一边在浴室中冲澡，一边高声对正在厨房里下面条的李彤说，李彤，还有什么事，都一块儿说了吧。

其实，李彤要我办的事也挺简单，那些软广告，我写后得由我与客户联系并最终在报纸上登出来。同时在半年时间内，我得替她与几家她的固定客户联络，并负责处理她在报社的一切相关文案，以及她的书信、电话和传真等等，因为她这半年将不去报社上班，确切点说，这半年她将在这个城市里消失。而她之所以选中我做其替身，除了文字原因外，她说，马枫，只有你可以成为一个不为人所关注的人，一是你到报社的时间短，二是你一直保持着最大限度的沉默。

那天从李彤的公寓出来，我直接去了报社。刚坐下，总编的电话就来了，让我去他那儿一下。令我意外的是，总编没谈瓦斯爆炸的那篇稿子的事，也没提到李彤。这个五十岁左右的老男人从抽屉里拿出一个信封。说，马枫，你来的这段时间干得不错，这是编委会决定发给你的奖金。我说了声谢谢，转身出来，我进了厕所，把信封里的钱抽出来一数，整整两千元，相当于我两个月的工资。

四

瓦斯爆炸案的稿子登出来，晚了同城其他媒体一天的时间，一些记者和编辑颇有微辞。但是，据一个编辑讲，在例行的编前会上，总编对这篇稿子大加赞扬。总编怎么赞扬倒在其次，令我高兴的是，李彤读了这篇稿子后，又将我约到了KK，她说，从这篇稿件中，她听到了瓦斯的爆炸声，但也闻到了我的精液味道。她有一句原话是这样的：一个童男子一旦被破开后，他一定会把他的精液注入到他所从事的任何一项工作中。

在李彤离开昆明前的一个星期，我和她几乎天天都形影不离。而她似乎也恢复了其本性，见面就是一个拥抱，或小精灵似的捣腾不休。有时，我说，李彤，我得去采访了，线索一大堆，再不写点稿，恐怕要误事。每逢这种情况，李彤就说，什么破稿子，不写。她一脸的娇嗔。可一眨眼，马上又吊到我的脖子上：马枫，陪我去转街，好吗？

李彤走后，我的生活又恢复了原有的忙乱和寂静的状态。她去了哪儿，我不知道，她去干什么了，我也不知道。反正，她像一个遗失了的地址。晚上一个人待着的时候，想起她来，只有用她给我的钥匙打开她公寓的门，我才会相信之前发生的一切都是真实的，如果躺在自己那出租房的床上，我就会觉得自己又回到了过去的想象状态中了。不过，让我倍感欣慰的是，接下李彤交给我的事务后，我每月的收入比原来升了无数倍，而且，这些事一点也不难，比写新闻稿还轻松。她要我保持联络的几家客户也都是些易打交道从不出难题的客户，一切都按她谈妥的办，从没遇到半点纠葛。

当然，也不能说一点麻烦也没遇到。也就是我在南屏街看到李彤的那天之前的几天时间里，因为感冒，我提前安排好要发的软广告后，就足不出户地待在李彤的公寓里。结果，几天时间内，几乎每隔一个小时，就会接到一个电话。电话是一个女人的声音，最先说要找李彤，我说，她不在，电话就挂了。后来，只要我冲电话里说声喂，电话就挂了。有几次，我对电话讲，有什么事，请跟我讲，我可以全权处理。但电话立马就会变成忙音。这是怎样一个女人呢？她跟李彤是什么关系？我不得而知，因此当这电话再一次次地响起，我后来已经失去了接听的兴趣，干脆吃几颗含有扑尔敏的感冒药，昏昏沉沉地大睡。就算醒着，我也更愿意回忆与李彤在一起的时光，或站在窗前，眺望人流如织的翠湖。

有一天凌晨，我终于又接了一次电话。我的本意是想告诉这个坚韧的电话中人，李彤外出已经三个月，短时间内也不可能回来，请不要再打电话。可刚拿起话筒，这个女人的声音就传了过来，你是不是马枫？我说是啊，你怎么知道我的名字？女人说，这你别管，现在我要你做的事情是，明天中午1点我坐北京飞往昆明的航班到昆明，请到机场接机，我的名字叫张倩。说完，就把电话挂了。

五

张倩的到来，终于让我弄清了那天李彤躲开我原因。但张倩的到来，也把本来很简单的事情弄成一锅粥。那天中午，我特意用一张纸牌，写了张倩的名字，到机场去接机。在拥挤的人群中，我高高举着纸牌，目不转睛地盯着从旅客出口处出来的每一个女人。对我而言，如果在以前，这是件美差，可认识李彤后，这已经不是件很快乐的事，但我必须认认真真地做，因为我跟李彤有约定，这是我的工作。张倩不是从旅客出口处出来的，当我从举起纸牌开始，她就一直站在我的身边，我一直以为她是一个来接机的人，直到旅客被一一接走或自己走掉后，她才拍了拍我肩头。对我说，马枫，咱们走吧。

从机场行李寄存处取出张倩的行李，打的回到李彤的公寓足足用了两个小时，塞车。按当下的审美标准衡量，张倩属于冰美人一类，看样子，她三十岁左右。从坐上车我就开始有意无意地观察张倩，她穿一件黑颜色的风衣，双腿总是是紧紧地靠在一起，手放在膝盖上，眼睛很少斜视。趁塞车的那段时间，我试探着问她，你是李彤的朋友？她说不是。我又问，是客户？她说不是。那肯定是亲戚了？我问。她说，马枫，你能不能静一静？所以在路上的其他时间，我们再也没讲过一句话，进了公寓，我又才重起话端，张倩，你肯定不是北京飞往昆明的航班？！她说我从南京来。南京，一个有着上千年侈靡传统的城市。我心里这么想着。

接下来，张倩自个儿进了浴室。这儿有两个细节值得说说，一个是她没锁门，另一个是在进浴室前她毫无顾讳地从行李袋中翻出了乳罩和裤衩。都是粉红色的。哗哗啦啦冲了一阵后，张倩在浴室中喊我，问我能不能帮她擦擦背。之后的一切就变得顺理成章了，在浴室中，没有任何铺垫或过渡，我们就成了两只舞蹈的蝎子。毫无准备，但疯狂而彻底。

张倩与李彤不同。李彤毫无规律，张倩一切都井井有条。因此。当张倩成为公寓的女主人后，我事实上变成了一个有妇之夫，每天上班前，她煮好早点，下班来，热腾腾的饭菜也已备好。但张倩几乎不说话，连做爱的时候，她也总是双唇紧闭，只凭身体去完成甚至比李彤还杰出的肉体事业。这种没有来历的生活，我尽管有时会走神，但总体上感到很满意。如果那天不在南屏街上看见李彤，我将更加满意。因为我很清楚，我与李彤和张倩之间的关系，前者有交易性质，半年时间会很快过去；后者纯粹是个谜团。别人不主动解开，我只能围着它团团乱转。我绝不敢奢求与谁白头偕老。

不过，谜团还是很快就解开了。

那天采访完地巢车站旁的车祸事件，我没有回报社，而是直接回到了李彤的公寓。我跟张倩说我在街上看见李彤和一个男人在一起。没想到张倩冷冷地说：他们明天去泸沽湖，接着，她又说，马枫，我也不用瞒你了，你这人不错，没有坏心眼，而且，我也发现，你并不是李彤的男朋友。随后，她把一个多天以来一直用小锁锁着的行李袋打开，倒出了一大堆信件。

那些信件都是李彤写给一个名叫李海的男人的。张倩说，李海是我的丈夫，我们结婚5年了。根据张倩的讲述，事情大体情况是这样的：李彤是一个天生的写信狂。自从去年认识李海后，每天坚持给李海写一封信。张倩之所以发现有李彤这样一个人存在，是因为前两个月她和李海到桂林去旅游。突然有一天李海说他在昆明有一笔生意，估计耗时将达半年之久，让张倩先回南京。当时张倩也没觉得有什么不妥，就一个人回了南京。可回到南京后，有一天，一个邮递员来敲门。说她家的邮箱装不下了，需要清理一下。张倩从来不管邮箱的事，可那天事出意外，就下楼把邮箱里的报纸和信件全抱了上来，结果发现了一批她和李海外出旅游期间收到的信件，同一种笔迹，同样寄自昆明。出于好奇，她拆开了一封。后来，她又特意到李海兄弟合办的公司去了一趟，在李海的文件柜里，又发现了一大堆相同的人写给李海的信，写信人都是李彤。

　　张倩最后说，马枫，你的名字以及这公寓的电话号码全在这些信中，对的，明天他们去泸沽湖。据说是去走婚。之后，他们还将去另外的地方。

　　在李彤和李海结伴远游的日子里，我和张倩一直住在李彤的公寓里。也许张倩到昆明来找我之前，心里曾有着某种复杂的意思，但后来这种意思渐渐地淡了。而就在李彤和李海结束了他们半年时间的漫游之前的一个星期。我把张倩送上了飞往南京的航班。那时候，已经是冬天。昆明下了一场百年罕见的大雪。气温低达零下两度。

暗色的面

美国人约瑟夫·洛克三十八岁时，也就是1922年来到中国西南并以丽江为圆心，穷尽了他生命中的最后的二十七年时光。他于1945年在美国哈佛大学出版社出版的《中国西南古纳西王国》一书，被学术界称之为"涉及纳西族宗教及濒于泯灭的古代纳西语言文化的不朽巨著。"这一个男仆的儿子，虽然后来是以研究古纳西王国而跻身于不朽者行列，可最初他却是以植物学家的身份进入中国的。他的使命是尽可能在云南众多的明净的边地采集植物和飞禽的标本，也就是说，开始的时候，他与其他同时代窜动于云南的西方神父或牧师，怀抱着的额外使命并没有什么不同。据一位云南水富县资深的地方志专家介绍，20世纪40年代，在水富县陈凤山的黄家庄园里，曾生活过三位来自英国的神父，传教对他们来讲非常次要，他们最主要的工作就是满山捕捉"桔脉粉灯蛾"。

1944年，洛克因病返美，在印度的加尔各答把自己的全部家当托付给了一艘军舰。非常不幸的是，这艘军舰在驶向阿拉伯湾的时候，被一枚日本鱼雷准确地击中。于是一个异美的场景出现在了阿拉伯湾的海面上。那些逃难的水兵因此怀疑自己来到了天堂：那被炸开的洛克的家当，有关宗教仪式的译文和一卷《纳西——英语百科词典》仅仅是家当的零头，其主要成分是色彩斑斓的大尾大蚕蛾、二尾凤蝶、红锯蛱蝶、三尾凤蝶、玉龙尾凤蝶、桔脉粉灯蛾、西番翠凤蝶……阿拉伯湾的海面上燃烧起了无边无际的天堂的火焰。对此。同为美国人的萨顿在一篇文章中写道："消息传给洛克时，他几乎崩溃了。其后，他向友人吐露说他曾认真考虑过自杀……"当然，洛克想自杀的理由是："他说他绝对不能凭记忆重新写出失去的著作。"因为那时的洛克已在丽江生活了二十二年，他不再是一个单纯的植物学家。

我对阿拉伯湾的海面上燃起的"天堂之火"，一直满怀着无限的向往。它不仅让那儿蓝色的海水改变了颜色、变换了质地、沉入了梦中；它还让岸边的沙漠学会了眺望、学会了蠕动、学会了飞翔。那些被固定了的或动着的蛾与蝶，仿佛魔法时代最动人心魄的忧郁；不，仿佛古老东方的后花园中逃出来的香魂兵团；也不，仿佛冷漠的时间史保留的最后一点纯粹的体温……它们被一枚鱼雷释放在海面上。

关于桔脉粉灯蛾，在另一篇文章中，我是这么描绘的："它的出现，意味着黑夜的戏剧是唯一的戏剧，其他的物质都只是黑色。它的头颅和胸膛陷入在夜色中，以求捍卫这致命的部位，但是，它也是有保留的，在用来真正与夜色相撞的头顶，它预留了一点金黄。那是黑夜的黄金，它让它的腹部疯狂，带着一排黑色的小圆点，以罕见的大面积的红颜色，接受尘埃和空气的抚摸。它的翅膀，只有翅脉是橘子的颜色，其他都黑透了。这容易让人联想到闪电与黑夜的永恒结合……"至于二尾凤蝶，我则是这么描绘的："它是云南的宝贝。在遍布马兜铃的地方，它带着一根根黄白色的飘带。以及阳光交给这些飘带的阴影，在不知疲惫地升降。我不相信它们只存活短暂的时光，它们的警戒色告诉我，以它捍卫美的决心，它远远不止存活一万年。"

引罢两则对桔脉粉灯蛾和二尾凤蝶的描述文字，我感到我是在历险。与捕猎者相比，他们的心肠是由软柔而变得粗硬的，而我则在一味地柔软下去，我怕自己不能自拔，只好息手。不过，这倒让我想到1998年春天的那一次爬大理苍山的经历，在洛克的笔下，苍山"自半山腰以上就终年积雪"。这说的是20年代，在90年代，苍山的半山腰以上则几乎没有雪，只在十八峰的峰巅之背阴处有一些残雪。如大神的足迹。因此，我爬苍山并不是去看雪，是为了去看"杜鹃船"。杜鹃像船，像无效的船，在一条条山的主脉和支脉上航行。记得在登马龙峰的时候，在一大片杜鹃花丛中，我目睹了这样一个场景——年年寂寞地"怒"放的杜鹃花，年年都把大如颗粒的花粉执着地投向旁边的一块巨石，结果，那块巨石全被浸黄了——巨石上因此栖满了五彩缤纷的蝴蝶。之所以要旁插出苍山的这点气象，意思是在引用两则文字的途中，我真的觉得自己正变成那块被花粉浸软的石头，而且一厢情愿的逆转已难以拯救。想想，当如此美轮美奂的蛾蝶，以集体主义的方式、千千万万只地忽然出现在阿拉伯湾的海面上，用"爆炸""游行""堆集"……这样的词条，怎能描述？那是极限，是千千万万个极限突然相撞！我想，那些逃亡的水兵，有的一定因此而生。有的一定因此而死。

英国人大卫·卡特，是伦敦自然史博物馆昆虫系最擅长于鳞翅目昆虫研究的资深科学家，他曾说过："蝴蝶和蛾类最普通的防卫策略是混入背景中，这种技术可以通过不同的方式达成。蝴蝶在休息时将四翅合拢，只露出暗色的面；因此，当它们停留在树篱中并合上翅膀时，色彩鲜艳的蝴蝶似乎消失了。为了躲避鸟类，许多蛾类都在夜间飞行，但却又面临着蝙蝠的威胁。不过许多蛾类能听到蝙蝠的叫声，从而躲开它们。大多数夜间飞行的蛾类都有暗色翅，当停在树干上休息时，可提供优良的伪装……"在蝶类中，枯叶蝶也许是最卓越的伪装高手了，它们几乎把自己变成了一张枯朽的树叶，叶脉、叶片的瑕疵，一律被它们搬上了自己的身体，因此，在阿拉伯湾海面上，没有出现枯叶蝶，出现的都是些珍稀的异端。

1946年9月，洛克又重返云南丽江，且一住是就是三年，这三年时间，在纳西巫师的帮助下，他把全部心思都放在了《纳西——英语百科词典》一书的编写上。直到巫师和翻译隐蔽或失踪，他才于1949年8月极不情愿地走掉。他这一次再没有带走一只蛾或一只蝶。这时候，他真正地爱上了植物学之外的丽江，也正是因为如此，在返回美国路过加尔各答的时候，在给一个叫默里尔的人写的信中，他说："与其躺在医院凄凉的病床上，我宁愿死在那玉龙雪山的鲜花丛中……"

基诺山地名诗意考

　　滇南群山中，很多兄弟民族的母语均系孟高棉语系。从外形上看，该语系的字符类似于密码，也似杂草丛生的地方铺天盖地的羽虫，细碎，迷幻，互相勾连，感觉它们除了字符本意之外，还别有奉命。如果你进入了这个语系的覆盖区，在村庄里、火塘边、广场上、荒野中、道路的尽头、空山、墓地、寺庙，听到这一语系的使用者开口说话，无论他们是老人还是孩童，是僧侣还是妇人，是乡干部还是行踪迷离的文身师，是巫师还是与女神结婚后一生独处的未亡人，你都会发现，他们的语调、音质和开口说话时的表情，全都带有独白的性质。语调如雨林中层层落叶间的小溪流，若有若无，像游魂路过；音质似隔山听见的鸟啼，也似众蝉鸣响中突然迸出的白鹇之音，不经意地出现了声音的异响，不经意地又倏然地被空谷收走，仿佛灿烂的女神在彩云上现身；而他们说话时的表情，统一地有着善意与羞涩，又统一地对说话没什么兴趣，诉求少之又少，说了，说多或说少，意思表达后，说话的自身功能迅速作废。在与他们交流的过程中，你明显地能够觉察到，他们没有什么想告诉你，也没有什么一定要问你，他就是一个独立王国，所有的话语均是家传的宝物，让你看一眼，他马上就要藏好了。当然，他们与他们相处，吟唱史诗、鲜花盛开的山顶上对唱情歌、田间地头互相调侃、巫师命令人与鬼通话、婚宴或葬礼上纵情歌哭、人迹罕至的林莽中结伴猎象、一次次的部族间血仇伐异、一场场抵挡敌人血洗而肩并肩站在一块儿、寺庙里诵经，他们的语调、音质和说话时的表情自会别开生面，语言回归语言，语言即是他们的传说与故乡。

他们中间，有的民族有语言也有文字，有的有语言没有文字。为此，在他们生活的原野、山谷和雨林中，涉及对衣胞之地及其每个具体地点的命名，有的地名限于语言，有的地名则有文字。基诺山是基诺族人的世袭之地，这个民族有语言而没有文字，所以，我下面介绍的这些地名，均是文化人类学学者们在田野调查时，根据语言翻译成汉语的。在众多的地名中，也存在这样的异象：有的地名，比如"鬼族恋爱的地方"，或许是因为文化人类学者在聘请基诺族人进行现场指认时，根本无法记住基诺语中的读音并进行直译，只好将语义直白地作为了某个幽僻之所的地名。反之，如"基诺洛克"，其基诺语的本意是"舅舅的后代生活的地方"，但因为文化人类学者指认之处就是一个山中小镇，而"基诺洛克"几个音符也容易记住，便将那个山中小镇命名为"基诺洛克"。这样的命名方式，确实有很大的随意性，可对我而言，因为知识法则的缺漏或被省略与篡变，它所造成的迷局，反而让神秘主义者得到了一片五彩缤纷的土壤，也让我任性的解读具有了自然而然的合法性。天下有如此多的飞地，亦有神灵才能数清的无数原生文化源流，亟须汩汩流淌的新血注入，我以其中一片在铁匠女神消失之前建立自己的一座荒野小庙，这应该不会受到司杰卓密众神的诅咒。

"鬼谈恋爱的地方"

"几勒河"是基诺山山地民族人鬼体系中的冥河。按照他们绝壁般雄峙的个体文明所示，在时间之河的上流，祖先群体中的神灵、鬼魂和活人曾经在某个金灿灿的黄昏，坐到了一张堆满了象拔、熊掌、牛头和麂子肉的餐桌上。美酒掀起香风，木鼓响如雷霆，他们享受着创世般的狂喜，但也各怀抱负。神、鬼、人混居，人尊称鬼为大爷，神喊鬼叔伯，鬼又与人称兄称弟，此神，此鬼，此人，彼神，彼鬼，彼人，伦理错乱，道统归零，神有时像鬼，鬼有时是人，而人又常常成了神，神没了尊严，鬼没有鬼的鬼样子，人则装神弄鬼，像极了汉人字典里的魑魅魍魉。哦，汉人的字典，神出鬼没、人鬼不分、鬼使神差、鬼鬼祟祟、鬼蜮伎俩、鬼头鬼脑、牛鬼蛇神、妖魔鬼怪、鬼话连篇、心怀鬼胎、装神弄鬼、瞒神吓鬼、神鬼不测、鬼怕恶人、鬼哭狼嚎、鬼使神差、疑神疑鬼、神头鬼面、鬼迷心窍、孤魂野鬼、神运鬼输、神牵鬼制……几乎没有一个是好词，而且，这些词语中，几乎都是用鬼来说事，鬼让神与人无端蒙冤。

毫无疑问，基诺山里的鬼均是好鬼，与神与人均是血缘婚姻里的亲人，可总是这么天天共同出没于同一座山头，晚上又同睡在一间大房子里，男人与女鬼产生了千古之爱，鬼与神一言不合大打出手，秩序空前混乱。为此，即便不仅仅只是为了让山脚下窥伺的汉人闭上嘴巴，只为本民族的子嗣能建一座通天塔，在瘟疫与瘴毒密布的雨林中找到一条永生的活命之路，人、鬼、神三方在此不朽黄昏，壮丽的落日收回光芒之前，必须分开来居住。这一个觉醒，我认为是云南山地民族古代文明史上最伟大的神话，而他们也果然在那一个黄昏，人、鬼、神均没有醉倒之前，分了家，划出了神住的地方，人住的地方，鬼的数量最多，人与神所在地之间所有的土地全供他们游荡。当然，为了显示神界的不可擅入，他们决定以几勒河为界，人与鬼只有渡过了没有船只的几勒河，才能进入神界，接受神灵的挑选。其他民族也有不可冒犯的神话，但这些神话中的神界、人间和地狱往往都是抽象的，仿佛出自瑰丽而丰饶的想象力，基诺山山地民族则不同，他们的神界、鬼国和人间都是具体的，可以指认的。现在，只要我们到了那座山上，人们就会告诉你，所谓神界就是孔明山，所谓人间就是杰卓山一带，之间旷远辽阔的雨林，就是鬼国，而几勒河就是流淌着翡翠与白银的小黑江。

如果我们从基诺山乡出发，驱车前往以小黑江为界的象明乡，汽车穿过雨林，小黑江上已经建起了水泥桥，两个小时的车程，就可以从人间穿过鬼国继而抵达神界。在公路没有修通之前，从杰卓山的人间去孔明山的神界，雨林里的鬼国之路其实无路可言，人们只能带上砍刀，朝着小黑江和孔明山的方向，一路伐开密不透风的丛林，在震耳欲聋的蝉鸣声里，经受着黑雾似的毒蝇的袭击，苦不堪言地朝前行进。到了小黑江边，万花护岸，碧水南流，洗掉一身臭汗之后，在河岸上寻找独木桥的时候，人们就会到达一个地方，它的名字叫"鬼谈恋爱的地方"。这个地方其实是雨林伸向江心的一个半岛，也称为"江舌"，上面除了长满雨林中千奇百怪的万千植物之外，靠向江水的那条优美的弧线上还生长着白茫茫的芦苇。由于有了这个半岛，小黑江的江面到此便收缩了很多，人们都乐意在此渡江而奔神界。按照山地民族古老的情爱观，人鬼神虽然分家了，只要在人世上兄妹之间没有血缘婚配，人变成了鬼或神，经过了鬼国与神界的洗礼，人间的哥哥与鬼国或神界的妹妹是可以成亲的，因为爱，人间、鬼国和神界是互相开放的。人与鬼神叵以相爱，鬼与鬼，鬼与神，神与神自然也不犯禁，尤其在神界，那儿已经消除了人鬼世界中所有藩篱，凡相爱者都可以举办天上的婚礼，尽管他们在人间的前身可能是母子、父女和兄妹。可是，去往神界，任何童年期的文明均会设置鬼门关，除了这条几勒河或说小黑江的阻隔之外，山地民族也订下了其他的铁律，比如凡一切非正常死亡者不得前往神界，每一个人均得在人间历尽自己苦难的俗命，殉情也在禁忌之列。再比如即便一个人死而为鬼，要入神界，必须历经诸如猎杀、耕织、炼铁等等鬼国严苛机构的修炼与考核，亦必须得到某个伟大神灵的座下为徒并得到其嘉奖，洗净了一身的血污与宿仇，方可向往。显然，人世间并没有多少为情所累的俗人符合这些条件，因而那鬼国里总是哀声四起，怨声载道。这个半岛，它就成了登神界之人的港口，白衣胜雪，在白茫茫的苇丛映照下，飘飘成仙，朝孔明山而去。同时，也不乏数不清的欲火焚身的鬼魂，云集到了这儿，鲜花在没完没了地散发浓香，鸟叫在不管不顾地动人肝肠，而碧水又在冥顽不化地提醒春光流逝，鬼又端庄不起来，这半岛岂能不是放浪形骸的温床？雨林中，常有通灵者往返于人鬼之间，他们说，每次从那儿路过，那盛大的鬼恋声浪，国营农场大礼堂里的集体婚礼根本无法与之相提并论。

巴漂，巴波，巴吕

看到大象群从山谷中走过，空气震颤，山峦发声，草丛中留下比拳头还大的一坨坨粪便，异乡人总会激动得浑身打颤，以为自己来到了巨人国。其实，在有关巨人国的诸多空幻文字中，人们又总是患上了想象力衰弱症，一个劲地强调体形、力无穷和正义感，鲜有人在这片无中生有的国土上，以旁观者的身份想象并估量出这个族群与大地之大最搭配的语词重量，以及他们永远流不空的血液总量。在我惊惶颠沛的冒险家的精神蝶变历程里，俗国的狼烟或炮仗已经是吸饱了灰烬的风，一头的白发不再为之凌乱，倒是某些孤悬的僻野因其有着巨人国的部分特质而被我视为无中生有的净土，基诺山无疑是少之又少的净土中的一块，至少它应该被视为净土的拜把子兄弟。

在这座舅舅当道的山上，第一个命名的地方是"司杰卓密"，也就是后来神灵居住的神界。司杰卓密，基诺语，直译汉语的意思是：洪水退去后，木鼓停靠，并建立起来的村庄。显而易见，在基诺语中，司杰卓密是一个联合词组，当其意思非常生硬地转换为汉语，我们大致也能将这个被命名的村庄与创世纪联系起来。事实上，这也正是这个山地民族以其特殊语言呈现给世界的他们民族血脉的源头：世界曾经洪水滔天，所有的人都死去了，只剩下其始祖玛黑和玛妞两兄妹。他们钻进了一只巨大而神圣的木鼓，在巨浪间漂泊……洪水索命，幸存者乘坐的木鼓最终停在了基诺山的一个冈丘上面。这个传说与其他民族的传说大同小异，均是洪水、兄妹、逃生、繁衍作为关键词，至于后来成为图腾的用来逃生的器物，基诺是木鼓，其他民族换成了葫芦、木船、骏马、老虎、山洞等等。按照另外一些民族的做法，司杰卓密这个村庄不仅是真的有人居住的，而且应该建一座供万人朝拜的神殿。令人意外的是，基族人的神话传说中提及的很多虚空之物均可对应人世间的实物，唯独这个司杰卓密虽然可以坐实为孔明山，可它那木鼓停造的顶峰根本不可能有村庄，更不可能建一座神殿。这是不是意味着铁血庄严的神殿时代，这儿乃是一片荒芜，甚至连万物有灵的泛神论在此仍然没有获得自己的星空？出没于这座群山的文化人类学学者，无人给出答案，他们寄居于世界上不同的角落，却众口一词：当人们发现这座山上存在着一个族群的时候，这个族群尚处于原始社会，时间竟然是20世纪50年代初期。这真是一个可怕的结论，大家仿佛勾结在了一起，瞬间就将一个可以在自己的史诗中理性地分割人、鬼、神三界的民族定性为雨林中突然走出来的一群人，其民族史就是一部茫茫黑夜漫游史。而更可怕的是，基诺语没有文字，竹简上、石头上、木牌上、构树皮纸上，他们拿不出任何记载文字，向人们交代其祖先及其最初的子嗣在走下司杰卓密的高冈之后都干了些什么，之后又是怎么在祸害无穷的雨林中繁衍生息至今的。

触目惊心的是，从司马迁的《西南夷列传》开篇，之后有弹雨般的汉字写过包括基诺山在内的广袤的"夷边"，阵阵弹雨没有善意，均将山野之人作为人的身体部分——射杀，继而毫无道德感地夸大他们的动物属性，把他们放逐于猪狗之间。与此同时，很多带毒的汉字也会流露出这样的信息：公元某某年，瘟疫流布，山野间尽是腐尸；公元某某年，又是瘟疫，某某城沦为死城……2000年，我第一次前往基诺山、倚邦山、莽枝山、驾布山和司空山，雨林中，曾目睹了一座座瘟疫毁灭的古老村庄。上海一百年时间由渔村发展为大都市，雨林中万人聚居的村庄则可能一夜之间变成荒野。光绪年间，一支法国探险队沿澜沧江北上，过西双版纳、普洱、玉溪、昆明，最后经昭通借长江航运而离开。探险队中有一位画家名叫路易·德拉波特，他沿途留下了很多写实的画作，其中一张画的是战乱之后荒野上密密麻麻的棺木……这些真实的历史事件，对基诺人而言是"茫茫黑夜"，不幸的是，他们属于一场场瘟疫和战乱的组成部分，谁也不知道在此被遮蔽的漫长时光内，他们每一个人身体里到底要有多少吨血液才能保证向外流淌，同时又该有多高的精神身高才能消除孤立并与庇护自己的彩云结伴而行。是啊，他们的确身陷于不可知的黑洞之中，具有讽刺意味的是，在我们认为他们置身于荒烟蔓草的原始社会之时，有几位测绘人员走进了基诺山。三个村寨最先被画到了白纸上，问起村寨的名字，人们告之：巴漂，巴波，巴吕。好奇的测绘员问随行的翻译它们是什么意思。回答：初恋、热恋、结婚。我想象不出那几个测绘员在听到如此回答后有什么反应，可当我读到这份资料的时候，我觉得自己似乎找到了破解基诺山的金钥匙，没有看见阳光穿透笼罩在基诺山头顶上的黑雾，反而看见了一束束光芒从基诺山的地面向上照射并穿透了头上的黑雾。

文化人类学学者认为，初恋、热恋、结婚这三个村庄的名字，一定是起源于玛黑和玛妞两位始祖的情爱历程，人们用于村庄之名，意在纪念。那茫茫黑夜中的事，他们是怎么知道的？请拿依据来。以知识逻辑去算计这三个村庄名字的起源，我们可以总结出很多种可能性，但我相信全都是鬼扯。

基诺山上还有这样的地名：洗下身的臭水潭、白疯马在的地方、伸着手的大青树、巫师烧帽子处……我们的知识固然无所不能，但能准确地找出这些地名的缘起？我只相信这是一支亦真亦幻的军队，他们遵循了天律与山规，最大限度地激发出了生命的能量，以想象中的欢乐武装自己，从而在地狱中建起了一座自己的天国。他们每一个人，所做的每一件事，都是一次性的，也因这"一次性"里每一根血管都装满了热酒、爱情和美酒，他们终得永生。美国作家本·方登在其小说《良人难寻》中，写到了一位军人与非洲伏都教女神结婚的事，在初恋、热恋、结婚这样的村寨里，也有一些男人在祭司的主持下，与司杰卓密的铁匠女神举行了婚礼，这些男人一生忠诚于铁匠女神，可谁也没有看见铁匠女神是什么样子。

死人与活人的分界处

这确实不像一个地名。在基诺山上，只要有多少个寨子，就会有多少个这样的地名，甚至更多。而且，那些一个个遗弃了的村庄的废墟旁，也有这样的地名。所以，准确的说法应该是，有墓坑的地方，就有这样的地名。按照基诺族人祖先划定的人、鬼、神区域图来说，这样的地名就更多了，因为除了村庄和司杰卓密，所有的地方都是鬼的，也就是说，凡是村庄的外围线经过的地方，都是死人与活人的分界处。在基诺山古木森森的山谷中，卜天河一直哗啦啦地流淌着。它乳汁和血液般的流水，使两岸的河滩地既长满了凤凰花，也长满了香蕉、芒果、菠萝和酸角，还有菠萝蜜与椰子。在那些河滩地之上的斜坡上，则是古茶树和橡胶树的领地。这样的地方，自然最适宜于人与鬼分界。2013年秋天，我重返卜天河的时候，曾经写过一首诗歌，名为《卜天河的黄昏》：

溪水的声音盖过了
河流。金色树冠上的蝉叫，大合唱里
暗藏了独白的树枝。白鹳的羽毛
一点点变灰，一点点变黑
河滩上走过一群野象
它们庞大的肉身，皮肉一块块地遗失
我形单影孤，抄径时用光了血滴
以和尚的身份过河时
流水没有情义，我的骨头
一根根变细，一根根变轻
我想三言两语，说出一条河流
凌迟与放逐的多义性；说出
第三条河岸隐形的邪教与暴力
说出脚底下永不停息的怒吼
但我进退两难，身在绝境
个体的基诺山王国中，真相即虚无
我不能开口说话，甚至不能在灭顶之际

反反复复地呼救。为此
人云亦云地减法，当它减去了
救命的稻草，减去了我的宽容与仁慈
就为了去到对岸，杳无人迹的地方
我想杀人。就为了肃清落日
带来的恐惧，我想杀人
就为了在卜天河上，捞起水中
一个个孤独奔跑的替死鬼，我想杀人
哦，那一天黄昏，在杀人狂的幻觉中
我草菅人命，杀光了内心想杀的人
现在，我是一个圣洁的婴儿
就等着你们，按自己的意志
将我抚养成人，或者再造一个恶灵

　　在我的笔底，卜天河是一条施洗者的河流，自然也是死
人与活人的分界处，这几乎是所有河流共同的命运。至于卜天
河的两岸尚有数不胜数的活人与死人分界处，其他河流也是一
样的。必须在此急转直下，让卜天河凸显其与另外的河流相比
更为辽阔的是，另外的河流上及其两岸，人们之于生死均是躲
躲闪闪，同时又夸大生也夸大死，而卜天河的寄存者们，于生
他们乐意吃光岸上所有的黄连，于死他们心花怒放赤裸裸地
直奔神界而去，河流波动的镜子里面，很少出现骷髅和墓志
铭。甚至还存在着这样一种说法，卜天河岸边林丛里多得像树

叶的蝉，基诺人称其为"阿枯幽"，它们之所以不要命地大叫，因为它们都是死人的化身，尝到了死亡的蜜糖，这是前来为自己的亲人高唱死亡的赞歌，召唤亲人们尽快涉水过河，抵达死亡的彼岸。这个说法没有过错，针对精神世界中最极端的生死权衡和取舍，任何唯美的思想倾向都有着天国品质，何况那些贴着尘土的生、被长期忽视的生、只能把死亡当成希望的生，从来就不具备生的基本人权。我多次到过基诺人的墓地，看见它们按宗族分成不同的土坑，没有标识与墓碑，与普通的耕地没什么差异。那些土坑的尺寸是祖先测定的，有时间和死亡以来从未变过。凡有人死了，就葬之于土坑内，层层叠叠均是白骨，层层叠叠的白骨均有着血缘关系。异乡人普遍会觉得这存在着对死亡的不尊重，但他们觉得那无非是白骨而已，人的灵魂早就走了，不在土坑里了。为此，有的土坑甚至种上了庄稼和鲜花，牛或羊也毫无顾忌地啃食着上面的青草。令旁人稍有不解的当然是土坑的尺寸，它为什么不能扩大？解释又似乎带有一种对死亡的恐惧："一旦扩大了葬坑的面积，意味着会有更多的人死去。"不是人们都不惧死亡甚至乐于赴死？连环套里，人们又有说法："所有的人都纷纷死去了，人世间就找不到基诺人了。想死的人必须在人间耐心地排队。"人们排着长队，栲树排着长队、红毛榉排着长队，就连橡胶树和芒果树也排着长队，卜天河上的波涛排着长队滔滔无阻地向前流逝着。在那队列里，可以插进一根铁针或者一朵野花的地方，就是死人与活人的分界处。

白　毛　记

　　一些异乡人常常会从低处爬到我们红颜色的山地上来。在他们中间，有铜匠、货郎、人口贩子、錾磨人、木匠以及耕夫。耕夫来了，大都是带着家庭，因此，当他们站在某块石头上，四面望望，就会选择一个相对隐秘的山坳，停住脚、卸下行囊、筑一间土坯房，长住下来，开始他们与泥土、溪流和五谷生生不息地舞蹈。但铜匠、货郎之流，来了，又走掉，再来，再走掉，像邮差，像孤魂野鬼，村庄里的人，很少会记住他们，更不会关心他们来自江浙，还是去向四川。

　　正因为如此，当公安同志希望全村的人，打开记忆的仓库，找出七年前在我们红颜色的山地上活动过的，一个头上长着一撮白毛的人来，全村人经过冥思苦想，始终一无所获。面对着全村人空洞的眼神，公安诗人张渔毫不客气地说：这是个没有记忆的村庄。为什么要把我们的村庄推回到七年前，又为什么要找一撮白毛而且如此兴师动众，这事还得从牧羊人杨云修说起。但说起杨云修，我们明显地感到，公安同志在所有的调查中忽略了一个至关重要的细节：月琴。牧羊人杨云修，年轻的时候，每晚都抱着一把月琴，而且每晚都从琴箱中放出一支黑山羊的队伍。他放出来的黑山羊，嚼碎了多情的树叶，舔干了青草上的露珠。可随着时光的流转，黑山羊老了，躲在琴箱里，牙齿松动了，犄角干枯了，皮毛失去光泽了。没有了黑夜里的黑山羊，杨云修的黑夜，只有萤火虫提着一蓬蓬小小的火焰来到他的梦中，在他日益变形的身体里做短暂的旅行。年老的杨云修的梦中，埋葬着几十个年轻杨云修的尸体，也埋葬着一把断了弦的月琴和一群垂死的黑山羊。

牧羊人杨云修再不是当年弹着月琴的那个杨云修，那一天中午，他领着他仅有的两头羊，在我们红颜色的山地上，顶着毒烈的阳光，寻找喊泉。他已经热爱上了喊泉，空空的山洞，喊一声，水就会流出来。这种在书本上被称之为"间歇泉"的东西，杨云修认为是圣灵的恩赐，喊一声，清水就会流进火塘一样的羊嘴巴。可那一天中午，杨云修和他的两头羊，没有像往常那样顺利地找到喊泉，相反，在穿越石丛的途中，走在前面的那头羊，前脚一空，就掉进了一个黑暗的山洞。据后来的公安同志测定，这个山洞有三十米深，一头羊子落入山洞，杨云修的半条命也跟着落了下去。在请来村里人帮忙，几次营救未果之后，杨云修本已决定放弃，可第三天，当牧羊人杨云修再次情不自禁地来到山洞口，他听见了洞中游丝般的羊子的叫鸣，气如游丝，但锋利无比，是的，那是一种锋利无比的叫鸣。所以，当再一次营救工作展开后，牧羊人杨云修似乎又变成了弹琴人杨云修，无论人们怎样劝阻，他还是把绳索系在了腰上，在黑暗中，往下落，往下落，落到了三十米的深处。羊子还活着，只摔断了一条腿。羊子吊上去后，弹琴人杨云修在黑暗中，首先摸到了一把烂了琴箱的月琴，之后，摸到了一个口袋，一拉就散开的口袋，淌出来一堆骨头。黑暗中的绳子再下来，弹琴人杨云修把月琴插在腰带上，手中拿了一个头颅骨，很快地就回到了我们红颜色的山地的平面上。手中的头颅骨，杨云修随手掷在地上，立即就被看热闹的孩子们用石头打碎了，那白花花的碎片，离开了山洞的人们，回头一看，远远地闪耀着光芒。

这事，很快就传到了公安同志的耳朵里。公安同志进村来，那一个公安诗人自告奋勇地承担了拼接头颅骨的工作，他找来了面粉，揉成人头形，再把一块块碎骨嵌进去，干得又快又漂亮。然而，我在前面曾经说过，那是有着毒烈的太阳的日子，我们红颜色的山地上，热浪滚滚，连牧羊人杨云修这样的老人，也只穿着一条红裤衩子，皱巴巴的胸脯子上全是汗珠子在闪闪发光。公安同志们暂住的粮食仓库，厚厚的土墙房子，墙没开裂，几个小窗也早已被封死，一天到晚，阳光炽热的小脚板一直在红瓦上原地踏步。就算到了深夜，仍没风吹来，积压在屋子里的热气仍然蛰伏在每一个角落。那厚厚的土墙，更是把一天之内吸纳的热气，一一地喷洒出来，使整个粮食仓库始终像西双版纳热带森林中的一间隐修人的密室。公安同志们不能入睡，一一坐在仓库外的平地上看月亮。山地上的月亮，红红的，又大又圆，仿佛没有依靠，却牢固异常，行动迟缓。它红颜色的光，绣花红线一样垂挂下来，公安同志们甚至能看清楚每一根红线上的绒毛。红线落在山地上，立即就变成了水，在山地上漫流。它们弹奏着石头，弹奏着矮小的灌木丛，歌声弱小，却柔情万种；它们抚慰着枯败的花瓣和叶子，小小的舌头上弥漫着蜂蜜，把死神迷醉，让爱神来临。

面对这样的夜，公安同志们谁也没说话，呆呆地坐着，任凭周身红线流淌，只有公安诗人的内心亮着一支红烛，烛泪点点，烛焰飘忽。夜更深了，他们都一一倚着，在月光中沉沉睡去，山地上的月亮没落下，山地上的太阳已经升上来，阳光照着公安同志们的脸，在一群群红蜻蜓的干扰下，他们意犹未尽地醒来。推开粮仓的门，公安同志们一一地惊呆了，公安诗人用面粉拼接的人头骨，在桌子上，一夜之间，长得硕大无比，狰狞无比，像一个巨人国中残忍的大神的头颅。头颅上密密麻麻布满了细裂缝，眼睛、鼻子、嘴、额头、下巴比刚拼接成形时足足大了几倍，那些原有的相关的小骨头，陷在面粉中，像粗糙的建筑物上贴着的破碎的瓷砖。把每一块小骨头联系起来看，你会怀疑是谁在曾经柔软的一坨面粉上用心不良地布置了一个死亡的图形，玩死亡的游戏。同时，这个面粉人头，除了小骨头仍略显有序外，面粉无序地自由生长，使整个头颅形象怪异，比如眼眶，骨头被面粉举出来，使眼眶在头颅之上凸立着，仿佛整个头颅的力量全集中到了那儿，甚至想长出一双手来，抓住点什么。还有嘴，牙齿已被面粉裹住了，它的锋利消失得无踪无影，可上唇骨和下唇骨却被拉开了更大的距离，使嘴巴张得更大，张得更有力，从其姿势上看，你会听见这张本用来说话和吃饭的嘴巴中正跑出来无数无形的东西：比如愤怒、申诉、求救和遗嘱，以及黑山羊……惊呆了的公安同志们站在仓库门边，呆呆地站了大约两分钟，接着便大笑了起来。天气太热，面粉发酵了，昨天的人头，今天走样了；昨天的诗歌，今天变成笑料了；昨天的诗人，面对发酵的头颅，羞愧了。

当然，这意外的喜剧，并没有妨碍公安同志侦破这一无名尸骨案的进程，只是害得另外一个公安同志在重新拼接头颅时受尽了折磨，他到河边去清洗骨头上的面粉，骨头中尚未散尽的骨油，弄得他呕吐不已，直骂公安诗人是"杂种"，是"白痴"。后来，公安同志深入黑暗的山洞，取上来了其他尸骨以及周围的泥土，在泥土中，公安同志发现了一撮完好无损的白毛。对尸骨进行化验，公安同志说，这是一个头上长着一撮白毛的人，已经死了七年时间。在我的印象中，这个案件，经过长时间的调查，最终还是搁下了。只是在公安同志走访一个山洼中的錾磨人时，案件差一点破了。錾磨人说，以前有一个货郎，卖女红用品，住在另一个山洼中，并与村庄里的一个女子有来往。可公安同志照此线索追查了一段时间，也没能将那女子找出来。之后，公安同志又去找錾磨人，錾磨人说，那货郎天天晚上弹月琴，他的琴箱里，总让人觉得有一支黑山羊的队伍在奔跑。于是公安同志又去找牧羊人杨云修，杨云修把山洞中取出的破月琴交给了公安同志，并说，在这片我们的红颜色的山地上，弹月琴的人，只有他一人。不过，最后还应补充一下的是，据参加了本案侦破的后勤工作的村长讲，在公安同志下洞侦探的时候，在洞中又另外找到了一堆尸骨，其死亡时间是二十年，这尸骨甚至连白毛这样的特征也没有。他究竟是谁，村长认为，只有鬼才知道。

回 乡 记

一

我家的老屋，是三间土坯房。母亲进城后，便用铁锁一一锁了，屋前屋后全都长出了荒草。

这次我专程去看了一眼老屋。

有人撬了铁锁，一家人住在里面，我不敢扰人，转身就走，一条狗追着我狂吠。进城，我与母亲说起这事，她说："让他们住吧！"

他们是谁？母亲说，她懒得知道。

二

老家的村庄坐落在两条河流的交汇处。那交汇的地方水利局建了一座桥，桥上安装了三道电动闸门。闸门很少提起来，堵下来的水，记忆中清汪汪的。

守桥的人换了好几个，其中有一个触电身亡，还有一个勾引村庄里的女人，常常被村庄里的男人打得头破血流。乡下人都信邪，说那守桥人住的房子，建在了墓地上，守桥人的身上都附着鬼。

两条河的上游，都有一座城。现在的闸门也像以前那样是关死的，蓄下来的水却是臭的了。上面浮着的垃圾上甚至长出了青草，开出了花朵。我在河堤上走了个来回，一直捂着鼻子。坐在河边上抽烟的一个老人，他是我的堂叔，他告诉我，现在人们想自杀，都喝农药了，想死也不投河，想死得干净点，嫌这河水臭，嫌这河水黑，嫌这河水上的垃圾太厚了，跳下去尸体浮不上来。

三

我问一个与我年纪一样大的叔伯兄弟："娶媳妇了没有？"他回答："娶了个女鬼！"

他是个傻子。我又问："怎么头发全白了？"他回答："我天天吃石灰。"他一边笑，一边脱裤子，他让我看他的阴毛，他的阴毛也全白了。

他已经记不清我是谁了，低声问："你是乡上的，还是县上的？"我还没回答他，他就更小声地跟我说："前几天有人喝醉了，从城里带了个女人回家来，他老婆不准他进门，他一拳打掉了老婆的几颗牙齿。你猜，这个人是谁？"

我递了支烟给他，他把烟夹到了耳朵上。这个人是村子里的游魂，他知道这村庄里无数的秘密，关于通奸、盗窃、诬陷，甚至杀人。少年时代，我们曾经无所事事地在田野上游荡，有一天，他拉着我去看勘探队的钻井架，那些工人正坐在草垛上吃馒头，他指着一男一女，告诉我："就是这两人，昨晚在河堤下干烂事。"不过，给我印象最深的是，当年，只要村子里死了人，他都会去哭丧，哭声尖利、高飘，荡气回肠。

四

小时候有个玩伴，在一棵电线杆下触电身亡。他的父亲参加过徐蚌会战，还去过朝鲜战场，战争一完，回家当了农民。大饥荒那些年，他家没有挨饿，粮食是用军功章换回来的。我去找那棵电线杆没有找着，那地方建起了几栋鬼头鬼脑的洋房，门上的锁全都生锈了。

五

中午，我去找我的一位初中老师喝酒，他现在是个屠夫，家里挂满了腌制的猪内脏。他是个兔唇，当年教我们英语。吃着他一桌子的猪心猪肝猪肠子，我问他还记不记得几个英语单词，他指了指墙角的一堆杀猪刀，说只记得一个："knife。"他读出了小刀，不知道杀猪刀，读的也不可能准确。我看着他一个劲地笑，他逼着我喝了满满一钢杯包谷酒。

从他家里出来，有几只喜鹊在白杨树上不停地叫。他醉意嚣张，弯腰捡起一块石头，用力地丢了出去。喜鹊纷飞，他长笑不止。

六

父亲曾经告诉我，乌鸦歇脚的树上都有过吊死鬼。我从来没有看见父亲爬过树，而我倒是一直喜欢爬到树上去。父亲还说，只要用乌鸦的血擦一下眼睛，就能在夜里看见满地风一样侧着身子走来走去的形形色色的鬼。

有一天晚上我梦游，第二天醒来，竟然是坐在一棵平常根本爬不上去的梨树上。梨花开得正旺，头上的天空白晃晃的。我看见父亲扛着一架木梯子飞奔而来，到了梨树下，却不急着将我救下。他坐在树底下抽烟，梨花落了很多在他身上。很久他才头也不抬地问："你是怎么爬上去的？"我回答："不知道！"

那些我爬过的树几乎都被砍光了，这一棵梨树还在。父亲死的那年，母亲说这梨树死了一年，第二年又重生了。我不相信，母亲说："不相信就算了。"

七

在路上遇到一个中年妇女，她看了我一会儿，欲言又止。我也看了她一会儿，欲言又止。擦肩而过后，我才想起，我们应该是小学同学。转身再去看她，准备打一声招呼，她的身影已经闪进了一片烟草地。

她叫什么名字，我一直没有想起来。倒是牢牢地记住了她那鼓鼓囊囊、头发凌乱的样子。

八

堂哥大我两岁，但从小学到中学，我们都在一个班上，我上高中，他去当了建筑工地上的木匠。我师专毕业那年，他结了婚，很快就有了孩子。他发誓要让自己的孩子都考上大学，有份正当的舒服的工作。二十年的时间说过就过去了，苦尝尽了，他的两个孩子果然考上了神三鬼四的民营大学，而且又很快地毕业了。令堂哥火冒三丈的是，大学生毕业，国家已经不包分配，两个孩子又没学到什么真本领，好的工作找不到，只能跟着他在建筑工地上打工。

我们就着一盘猪头肉喝酒，他把两个孩子叫了过来，一定要给我磕三个响头，说是要托付给我。我问大儿子："学什么专业？"儿子怯生生地回答："工商管理。"我问二儿子：

"学什么专业？"二儿子一样怯生生地回答："计算机。"我什么话也没有说，拉开门，走了。门外是白茫茫的月光。

走出很远，听见堂哥的一阵乱骂声。

我读书，有了工作，后来的人以为读了书就会有工作，结果他们没有找到工作。我知道，村子里有很多人一直在骂我，说我带了坏头。让我内心压抑的是，很多家庭，为了供孩子上学，家徒四壁，负债累累。

九

从堂哥家出来，上了河堤，傻子还站在那儿。问我是不是要走了。我说是。

他闻到了我身上的酒气，指着河上的一座水泥桥告诉我，某某前几天喝醉了，从桥上掉到了河里，死了，臭烘烘的。某某也是我的少年玩伴，上学时，成绩比我的还好。没考上高中，变成了村子中最有名的酒鬼。

我问傻子："你去哭丧了吗？"

他答："我去了邻村，那儿也死了酒鬼。"

十

回城的路上，总有摩托从我身边飞驰而过，我相信里面有我认识的人。黑夜里遇上，尽管有月光，谁也认不出谁来，打一声招呼的机缘都没有，这仿佛是生命里就没有让我们重新相认的那个环节，只能任其各赴生死，老死再不往来。到望城坡，想起父亲曾说，1949年以前这儿全是黑森林，常有土匪剪径。又想起父亲弃世时，小说家杨昭夜里赶路去陪我守灵，他说在这儿他曾碰上了两个人，一定要与他相伴走上一截。两个人都没有脸，声音直接从胸膛传出。过一片坟地时，两个人就没影了，路上又只剩下他一个人。

云南黄昏的秩序

山　冈

　　没有人的时候，山冈的颜色非常单调，或者说非常纯粹。雪白的燕麦、褐色的石头再加上红色的泥土。树很少，绿色十分有限，树的影子是黑色的，也很少，阳光可唤醒很多东西，可还是改变不了固定的黑色。以上罗列的一切，似乎显示了对比强烈的色彩感觉，可它们同属于"山冈"，因此，它们还是单调的，有一份寂寥始终串联着它们。这跟我们置身闹市而又仿佛孤身一人的感觉是近似的，它们已经被"山冈"所抹煞，就像人群已经被一个人所抹煞一样。有一阵子，我的确喜欢过史蒂文斯的诗歌《坛子轶事》。圈内人都知道，这种喜欢，任何人都会将其视为一种群体行为而非个人本性，这说明，这种喜欢，有着赶时髦人云亦云的味道。田纳西州众峰之上的坛子，秩序，开辟，脆弱的诗歌材料，无一不是浮华年代的时尚词汇，更何况那是大师的东西，大师的旗帜上，有几个人的面容不是奴才的面容？《坛子轶事》与山冈有关，"美国的田纳西"的"山冈"，史蒂文斯的血，我的遥远的泪。诗歌语言中的真实，我诵读过程中的想象。如果史蒂文斯把那坛子，上了釉的坛子，放在中国的任何一座山上，那坛子一样的不朽，那坛子一样的可以让我的故乡云南所有的群山向它涌去。

以前曾经读过格罗塞的书《艺术的起源》，他说，当我们的人种学和文化史把澳洲人还当作半人半兽的时候，其实人们已经在澳洲格楞内尔格的山冈上面发现了许多艺术品位极高的图画。我突然想起这些，并不是说我对澳洲古老图画传达的艺术信息感兴趣，而是我对"山冈"感兴趣，云南也有许多画在山冈上的图画，年代也一样的久远，可我从不过问。翻过几遍的《东巴文化》大型画册，与山冈无关，因此我也就感觉不出我极力想把握的某种悲怆情绪。它们是漂泊着的东西而山冈永远站着不动。我有到山冈里去徒步的癖好，有树的山冈，到处是悬崖的山冈，开满野花的山冈，我文章开头描写的山冈，我都去过。有一年秋天，我还去了积满白雪并插着经幡的山冈，那些山冈上有很多玛尼堆，它们是山冈的山冈，那地方有黄颜色的僧人，他们是山冈的心。可我还是偏爱单调无比的山冈——藐视生命或信仰的山冈。有一回，雪白的燕麦收割之前，我曾经看见一群人在燕麦地里捉奸，被捉的人泪流满面，我也泪流满面。

蚂　蚱

　　噢，你这头老山羊，哪儿才是你啃草的地方？草垛里总是藏着类似的提问。就包括下雪天，蚂蚱早已在秋天的白霜里死去之后，这样的提问，也会沿着雪花的边沿爬出来，并且那一个约会的犹疑者，还会对月亮或者星斗这样的线人保持一分钟的沉默，然后对着草垛低沉地回答：蚂蚱，蚂蚱，金色的蚂蚱。

　　蚂蚱，秋天的秘密。蚂蚱那夸张的双腿上长着锯齿样的刺，它曾经无数次地将我们刺伤，它那金黄色的刃，穿过我们的肉，表皮的肉，很容易地就把秋天的血液涂在了谷粒上，把我们所有的记忆篡改为饱满的颗粒。还有蚂蚱的翅膀，它的花纹就像水草叶干枯之后的花纹，很少展开，展开了，就必须飞翔，就必须逃命。我们都见识过蚂蚱之羽独立存在于冬天宽阔的田野上的景象：那时候所有的蚂蚱，胸腹和背脊全部腐烂了，剩下的只有两颗鼓鼓的眼珠、坚硬的变黑了的双腿和变白了的一对翅膀。

　　我们都不敢动这一小堆灵魂，稍有触动，它就会分离，它就会变成单独的眼珠、单独的翅膀、单独的带刺的腿和单独的生命的灰烬。

　　那唯一剩下的草垛，它的孤独我们可想而知，那仅有的一丝秘密岂不又将一文不值？

正　午

有一阵阵空阔的风声从山冈上滚落下来，坐在峡谷底部的荒废了的水渠边，我感觉到羊群或者冬天的雪团在下落。多美的山冈，我的祖父埋葬在上面；多么厚实的山冈，我的姐姐埋葬在上面。那些短衣服的灌木，那些秃耳朵的石头，那些大嘴巴的泥土，它们此时正把风声推向我的这边，不是埋葬，它们带着清凉，带着我的祖父和姐姐的愿望，借风的流速，往下落。在风的裂口上，我能清楚地看见遭人弃用的水渠，弯弯曲曲的堤坝，没有水，跟着风声，来到我的身边。

在风声滚过的地方，红颜色的泥土上，遍布着许多星星点点的小花，在正午的阳光下，像姐姐小小的脸，像祖父明明灭灭的念头。可是，风声总要过去，水渠是真实而具体的，却没有水，山冈上被埋葬的一切，它们来不到我的身边，我的身边只堆满了短小的叶片和昆虫的翅膀，微弱的光，是水的魂。水的魂：只闪耀着微弱的光，它们来自枝条和肩膀，枝条断了，肩膀丢了。这正午的山冈上，风声也渐渐地停了，只有我的祖父和姐姐依然守在上面，泥土遮盖着他们，他们活得像死者一样。

建 水 追 忆

　　第一次去建水是20世纪90年代初。那时候我是一个无所事事的行吟诗人，有空的话，我会从昆明坐客车到会泽县，然后步行去巧家县。去干什么？去找邹长铭先生喝一顿酒，然后醉醺醺地离开。

　　金沙江气势汹汹地在身边流着，与一个年龄比自己大二十多岁的文学长者一边斗酒，一边海阔天空地神聊，长者有魏晋风骨，小子不知天高地厚。"人间诗草无官税，江上狂徒有酒名。"我与长铭先生的交集，这句清代僧人宋启祥的诗句，说出的何止是我们内心的傲慢与独立、饮酒风格的近似和无羁，更多的还是一个老文人和一个小文人之间掏心掏肺的彼此敬重。

　　当然，那时候我乐此不疲的事情，还是往尘土飞扬的公路旁一站，见到大卡车开过来，就招手。孤独的大卡车司机们，都会把头伸出车窗："你要去哪里？"我则反问："你要去哪里？"管他去哪里，我跳上车就跟着他走。以这种方式，我到过云南、贵州、四川、重庆的多少县城多少小镇？我记不起来了。

记忆里，到过什么地方，没到过什么地方，已经无足轻重，最让我屡屡思念得碎心的还是90年代公路上的孤单与宁静、田野和远山之间的黄昏、菩萨诞生之日清晨才有的空气透明度、干净的风、纯净的人心和目光、谈论着梦想的陌生人……别人怎么理解物事的变换我不知道，在我这儿，当覆盖旧事物的东西丧失了伦理、道德和美学，我确实为之焦虑、心慌、愤怒。

正如初来昆明的时候，这座城尚有人间烟火，久历风尘，好不容易在千年时光里变旧了，是一个安身立命的地方，我以为自己的心找到了故乡。

可接下来的二十年，它一下子变成一个工地、赛车场、报警器加工厂，窗外天天晃荡着塔吊、半夜还有人开车疯了似的轰油门按喇叭、楼脚下总有人撬石板换石板，而且一直如此，没有收敛和重归平静的苗头，这怎么令人不心生烦恼呢？有人说关门即深山，我也试图如此，要命的是，书房的窗口下就是一家用状元故居改建的餐馆，白天门前停满电动车，行人一碰报警器便毫无美感地乱叫，晚上则应酬之声鼎沸，醉鬼嚣张，所谓"深山"，活活被掀得底朝天。

为此我还去上访过，找到治安中队，人家态度很好，登记、问事由、说一定斩立决，但第二天一切照旧，几年过去，还是那样子。

去建水，坐的当然也是大卡车，印象中是1992年。那时我在昆明西郊二十八公里处的省建九公司党委宣传部工作，公司的南面是肺结核医院和神经病医院，西面是一座巨大的钢材仓库，南面是行为艺术家朱发东等人一手建起来的"东方艺术村"，因为外象狰狞，人们叫"魔鬼山庄"，东面，过了石安公路，爬山两公里，就是西郊殡仪馆。

所在公司周边的环境，的确魔幻现实主义，空闲的星期天，当时还在安宁一家监狱当警察的画家李志旺跑来，我们就买瓶酒，几袋花生米，坐在石安公路边的一个土丘上沉闷地喝，一杯酒下肚，常常就看见殡仪馆的烟囱冒出一团白烟。也就是在这样的一个星期天，公司供销科的一辆大卡车开了过来，我招了招手，司机问："去哪里？"我问："你去哪里？"他说："建水。"我便抛下李志旺，跳上了大卡车。

卡车开出一百米，还听见吃狼奶长大的李志旺，站在土丘上破口大骂，大意无非是我怎么忍心丢下他一个人对着殡仪馆喝闷酒。今天的中国，最恶俗的景致大抵上都在公路的两旁，残山剩水、白色的塑料大棚、奇形怪状的民居、乌烟瘴气的厂房……你能想到的甚至想不到的吊诡之象、吊诡之物，都跑步来到公路边，仿佛都想搭上时代的快车，到世界上去，浮躁入骨，荒唐及髓。

那个时候不一样，公路上没有这么多悍马、路虎、宝马、奔驰，大卡车跑上一阵，遇到的车辆并不多，大卡车像一个统领空气兵马远征的大将军，威武，豪迈。而且，车一出昆明东，平展展的、绿油油的沃野便扑面而来，头伸出窗外，拂面的风是香甜的，绸缎一样。

给人感觉，大地上的神灵还没有逃走，它住在每一颗玉米、稻子、青草、树木的体内，住在每一粒石块、尘土、水滴、霜花的体内，住在每一只麻雀、蝴蝶、青蛙、瓢虫的体内，它教给大家的词汇只有这些：美丽、健壮、自由、顺其自然。

卡车一路南下，呈贡、玉溪、通海，路的两边，行道树就像土地神栽下的一样，都是几人合抱那么粗，枝繁叶茂，劳作疲乏的村民，或草帽盖着脸，在下面的草丛里睡觉，或三五人聊天，或静静地抽闷烟。除了这条公路，他们的四周，大地正以自己的方式活着，赤、橙、黄、绿、青、蓝、紫。

水沟还没有全部浇上混凝土，泥巴朝外翻着，露出肺腑，水在上面流淌，是一块镜子。水沟的两壁，该坍塌就坍塌，偶尔有个石头光滑油亮，各种水草生气勃勃，小朵小朵的野花开得随心所欲。有人牵着水牛在沟埂上觅食，人是静的不动的，也没有"坐地日行八万里"的样子，水牛浑身都在动弹，不时还抬起头来，摇晃一下耳朵以驱赶蚊虫，但给人的印象它比世界还安心，有一埂青草足矣……

暮色涌进滇南，大卡车停在了朝阳门下，司机说："你下车吧。"跳下车，从飞速的绿色山川之梦里脱出身来，我给司机和卡车鞠了一躬，便心花怒放但又怀有一丝不安地扑进了建水城。像对其他陌生的地方心怀好奇与想象一样，最初的时刻，我也没把建水当成"滇南邹鲁"来看待，在我眼中，它就是一座汉文化拓边时的天边的桥头堡，与安南府、交趾之类没有太大的区别。

在西双版纳雨林中做田野调查时，我问香堂人："哪一座山是蛮砖？"他们回答："这儿没有这座山。"又问："哪一座是倚邦？"他们回答："这儿没有。"再问，回答都一样。后来才知道，他们认为，蛮砖、倚邦之类的山名，都是汉人叫的，他们有他们的叫法，汉人叫出来的山名，他们不接受。

到了建水，我以为这种汉文化开疆拓土时软性的征服与反征服现象也一定存在，征服与反征服之间也一定存留着几百年甚至上千年的一座座文化迷宫，以及时空错乱的一个个生活现场。

可是，这个旧称惠历、临安的所在，当你走过翰林街、太史巷、圆觉寺巷、红井街、东林寺街……你并不会觉得这儿是天边，相反你的心会怦怦地剧烈跳动，一街一巷、一砖一瓦、一寺一庙、一井一亭、一院一园、一坊一楼、一草一木、一联一画、一花一虫，就连走着或停下的每一个人，他们说的每一句话，都是文化乡愁和精神返乡途中向往的动人心魄的样子。

老者恋残局，女子井边上，生活的现场细碎、亲切、安稳；同时，在日常生活的底部，处处都是仁、义、理、智、信，门上的对联和墙上诗歌出自匿名者，却可以进入教科书——教人活着，如何才能活好、活舒服、活通泰、活得无冤无仇的生活教科书，不是现在课堂上那种。

从街巷的规划布局到房舍的设计筑构，这座城的观念和手法都是旧的，过去时的，为人着想的。仿佛筑城之始，人们想到的只是筑家，而建水这地方，已是人们颠沛流离一生之后，见到的最适合放下兵刃、卸下重负，立地成佛和安身立命的最好息壤。城邦有何用，家才是灵肉的天下。

所以，一块础石放下，放到的是这块础石最欢喜的泥土上；一座房子开建，建在的是这所房子最想在的水井边；一座亭子修起来，也必然是修在鸟儿都会读书的土丘上；文庙可小可大，但一定要选址于能养活孔子灵魂的风水宝地……精心算计但又暗合天地机理，这家，这城，无疑就建在天人合一的"一"字上了，人在那儿，生老病死可以不用挪身，游学出仕者，走出去了，肉身回不来，灵魂也会回来。

生活的必需品，透亮的阳光空气和水，从来不争朝夕的光阴，和睦温暖的世戚旧僚和邻居，天赐的沃土，人人心目中都供养的礼、义、廉、耻，市井之间，应有尽有，什么都不缺。似乎张、王、赵、朱、李、陈，显族或小姓的先祖们，在安家造城之时，就已经认定这已经是人世的天国，再也不需含辛茹苦八方去找寻了。

这已是故乡的终点，是人们所能找到的水土之极。而事实也一再地证明，耕田而食，这儿的每粒土，绝不亏待人；读书养性和出仕，这儿文风鼎盛，白丁稀少，俨然道成于肉身的乌托邦。

那一次建水行，我一直住在巷道深处的一家小旅店里。

守店的是一个白发老者，每天早上起来，洗脸后的第一件事便是写书法。他追随"二王"，但谈得更多的是乾隆二十九年到临安府做过太守的王文治。他说，唐和唐之前的中国书法，刀戟有声而柳叶传情，写到无我处，如李太白写张旭"笔锋杀尽山中兔"，若写到忘情处则情迷意乱，写字的人涂血悲歌，字字都是亡灵，如颜真卿的《祭侄文稿》。

老人说，他相信王羲之写字，笔在手中，当是幻如刀剑，且浑身任何一个器官全都调动起来了，身体即是一场风暴，一阵海潮，一场战乱。让人沉痛的是，文武同宗的绝技，唐之后便没了，现在习"二王"，仅仅是皮毛，一点真功夫都学不到了。晚明时，倪元璐有荒山野林气象出现，苍郁高古，节气嚣张，又惜留世日短，命丧于趋向大师的中途。

如此崇尚如"公孙大娘舞西河剑器"一路的书道，但让老人喘不过气来的还是风流偶傥、逸秀天成的王文治。他觉得王文治的书法，虽然有董其昌的影子，却是道法于唐人之《唐人书律藏经》，隐裂玉断铁之气，扬风动绸缎之形，续《文心雕龙》之神，人欲仿之，心性、修养、境界不逮，毛皮都难获取。难能可贵的是，王文治的书法，可列于庙堂，亦可铺张于普通人家的门洞，于庙不秽，于家只雅，是为天工。

之前，我对王文治这个文章太守稍有了解，知道这人是乾隆二十五年的一甲探花，写诗，有人曾将其与袁枚、蒋士铨和赵翼并论，书法，则将其与刘墉媲美，所谓"浓墨宰相，淡墨探花"。但这个历史上的文化大人物由翰林院侍读赴临安任知府，时间只一年左右，任上虽也视学课士，遍访民生，甚至设坛祈雨，但政声淡薄。

其任上作诗曰："悯农曾记设斋坛，早戴伊耆蜡祭冠。岁俭减租宁有补，春来添线喜无寒。荞花被野微红糁，豆荚依村远绿宽。便与官家作田畯，儿童休作使君看。"诗里凸显的王文治无疑就是一个有着菩萨心肠的书生太守。

特别是当他巡察到个旧锡矿，见市井繁华、驮马竞走的景象，他为之喜，又见山筋地脉尽断、矿工生不如死的场景时，又忍不住写下了这样的诗句：

> 却怪山灵不自爱，
> 韫璞藏辉岂难守。
> 故将财货眩愚蒙，
> 自取镌劂求击掊。

国运之需，发展的代价，诗人内心的矛盾，诗中尽显，现在读之，也有着强烈的现实主义意义。

但是，到任第二年底，缅北战乱，"艰难为外吏，辛苦向兵间"，王文治成了平乱军中的粮草官，他的"菩萨心肠"一下子便由兵车行之苦、瘴疠引发的病痛折磨和战事的惨不忍睹——取代，他崩溃了，骨子里立马就冒出了"无心封侯"的念头，借钱粮交接过程中的一次亏缺案，求其老乡、云南布政使钱度为其周旋，辞官而去，一点也不挂念身后的炮火硝烟、生灵涂炭，从此过上"优游林下，诗书一生"的好日子。

借此公案，我与旅店的老者说，王文治是大才，书生和诗人的酸劲、傻气上来时，他神游八荒，心系黎民，可一旦大难当头，需要他赴汤蹈火、舍生取义时，他退避三舍了，大材并无大用，远不及市井中的屠狗辈。同样，清朝诗人陈佐才，袁枚在《随园诗话》中对其赞赏有加，可这人以"把总"的下级军官身份，戍守大理巍山，一生不弃，京都招其而不往，到死，叫儿子凿一个山洞当坟，封藏而长眠。

生前，这人写下诗篇无数，其中一句："壮士从来有热血，秋深不必寄寒衣"，天下皆知。与陈佐才比，王文治格与德两输。让人吃惊的是，我的言说根本没有说动老人，也不在意我对王文治的不敬，哈哈一笑，铺纸，置墨，捉笔便书王文治《初入滇南有作》一诗：

> 一入滇南岭渐平，
> 中原回望转关情。
> 蒙蒙秋雨秋风夜，
> 得得千山千水程。
> 昨日羊肠真绝境，
> 此生蛇足是微名。
> 毁车恨不从兹去，
> 无限烟波钓艇轻。

一挥而就后，老人轻拂白须，仿佛自言自语地说，王梦楼来临安为官，非出己愿，也不想以此谋升迁，他在《雨夜入马龙州》一诗中还有句："旁人苦羡宦游乐，到此应悔虚名误。"他之所以来，无非是王命所逼，不得不来。来了临安，一年足矣，走了，方能成就诗书大圭。

　　照建水人的理解，我们宁要一个可以千古流传的诗书大师，未必需要一个得一时之势的临安贤太守。他的风雅、闲适、人性和安心，他不要河山仕途只求纸墨天趣的个体操守，往大处说，是中国古代文人传统中的道中道，往小处说，这乃是一个人的精神洁癖的极致。

　　最后，老人还说，建水出的进士二百多人，但他最敬仰的还是刘洙、缪宗周、萧崇业、包见捷等辞官归故里、闭门耕读者，认为他们乃是"临安风骨"的缔造者，是建水文脉的供血人。这些人便是王文治的同类，没有他们，临安或说建水，只能算是一个边关之城，断然成不了文献名邦，当然也就不会形成道统千年而又活色生香的日常生活传统。

　　老人是匿名者，无名氏，他一生习书法，却连县上办的书法展都没想过要去参加。像这样的人建水有多少，我不得而知。对他来说，不显山露水，也许心里才装得下山山水水。这样的人一多，一座城也才会有灵魂。不过，那时我还热衷于游走，与他的清谈虽然深受震动，并没刻意地去记下他的名字和电话号码。当我又在路边拦下一辆大卡车，甚至没跟他打招呼、告别，没心没肺地就走了。

20世纪90年代末，再去建水参加一个笔会，重看孔庙、朱家花园、团山、燕子洞，在孔庙的泮池边和在燕子洞的大厅里都想起这个老人，再根据记忆去找那小巷、旅店和老人，却怎么也找不到了。犁庭扫穴的造城运动，让建水也一度跟着只争朝夕，力求旧貌换新颜。有时，我倒是觉得，像建水这种永恒的故乡一样的地方，新的当然需要，但旧的或许更需要。

　　建一座崭新的大城，到旷野上去，几年时间就修起来了，可你拆掉旧的想建一个新的故乡，拆了就没了，要重建，花一百年时间可能都不够。伦敦在申办2012年奥运会的时候，申办口号是"伦敦是旧的"，这句广告彰显的是伦敦人因旧而生发出来的骄傲和自豪，有着对"旧"的无限崇敬，为此，也才打动了无数的人。

　　同样，我们也许都在电视上看到了，在希腊奥林匹亚的赫拉神庙前，取象征光明、团结、友谊、和平、正义的奥运圣火，赫然展现在我们眼前的赫拉神庙，四周都是荒土和野草，一点也不像祭祀宙斯的祭坛。按照我们今天的思维，赫拉神庙一定要翻修，用瓷砖、大理石和水泥，取代荒土，用橄榄树和玫瑰花取代野草，但希腊人没有这么做，普罗米修斯替人间盗来圣火的地方，他们认为就是太初，就该这么荒着，谁去庸脂俗粉地装饰一番，就是冒犯神灵与天理。

　　与众多的中国城镇比，一些匿名的小巷、旅店和老者虽然消逝了，但建水是幸运的。它的市井大都得以存活，孔庙、旧居、制陶术、文风、静悄悄的生活，一如既往地朝着旧的方向延伸。热火朝天的世界跑步前来报到，任何城镇都天翻地覆，建水的人却只是选取了他们想要的那一部分，并搁置在城外的山野上。一个县的灵魂仍然被他们用千年的人间烟火供养在旧城里，死死地护守着，仿佛在等伟大的造物主前来验收，并给他们赐福，给他们送旌旗。

画卷·母亲的刺绣

鼠　　鞋

丝是蚕在结茧时所吐出的一种液体，由丝蛋白和丝胶组成，它遇到空气就凝固为丝缕。它柔软而华美，是楚绣和苏绣几近于梦幻的根本保证。母亲刺绣却不用丝绸，尽管她也有过养蚕史，甚至还知道一条蚕可以吐出一千米左右长的丝。母亲刺绣只用土布或灯芯绒。

现在我所要描述的这双鼠鞋，所用布料就是青颜色的灯芯绒。它鞋底长十五厘米，鞋帮加上鞋底厚度总高为六点六厘米，是一双一两岁的孩子所穿的鞋子。鞋尖是鼠头，鞋帮上绣着老鼠肥硕的身子，鞋底是云南昭通乡下最常见的"白布底"，厚度足有一厘米，用麻线针脚密集地穿缀过，结实得充满硬度。整双鞋子，相关颜色有绿、玫瑰红、紫红、金黄、黑、土黄、白等七种。

按我的分析，做这一双鞋子的时候，应当是暮春，母亲眼中的世界是由千万条流淌着艳丽汁液的河流组成。她先绣的是鼠头，那时候，桃树的叶子绿得直往下掉露，母亲觉得，这理所当然应该是老鼠的眉毛；绿颜色的眉毛绣成后，母亲的目光肯定投向了屋外的白菜苗，或者说当时母亲看见一只鸡窜进了菜地，正啄食刚刚栽下的白菜苗，于是，她就站起来，口中吆喝着，手舞着，去赶鸡，鸡扑打着翅膀逃开了，可母亲却看见了菜地旁的水沟埂上紫红色的野草莓，等母亲转身坐下重新刺绣，她几乎不假思索，就把野草莓绣成了老鼠的眼睛；接下来是鼻子，平面上的鼻子，母亲将其形状确定为心形，因为这是整双鞋子指向前方的中心，或说是平衡点。其颜色仍为紫红，只有两个鼻孔是黑色，这或许与母亲烧火做饭、在尘土中劳作，鼻孔总与黑色的尘埃有关；老鼠的尖嘴，为了强调其尖利，母亲采用了一个倒三角形，并不果断的线条，使其酷似一把铁锹。最后需要强调的是，当老鼠的头部之上的每一个器官绣完，黑夜已经来临，可老鼠的脸色却没有定下来，是灰？是黑？或者白？或者粉红？

　　一切可能的选择肯定不会像人们想象中那么艰难，因为那是乡下收获玫瑰花的季节，父亲正在灯下舂玫瑰糖，母亲再也找不出比玫瑰红再好的颜色了。然而，这双鞋子，尽管最琐碎的工艺全在鼠头上，母亲所点燃的针尖上的火焰，在此处燃烧得也是最炽烈的，可是让我迷醉的还是鞋帮，那鼠腰部分：母亲让老鼠长了一双翅膀，即两只蝴蝶。蝴蝶的整体形状像翅膀，其身上又分别长着两只翅膀，用帕斯的话说，那是

"重复的、金字塔般上升的火焰"。同样的道理，巨大的鼠腰不能让其空着，在绣到此处，也许母亲费过思量，甚至有可能双手局促，脑子里很茫然，可时间绝对没有持续多久，因为一只蝴蝶已经飞了过来。它有着金黄色的身子，白色、土黄色、绿色等色块组成的翅膀。面对这样一双鞋子，有时我想，它俨然是一部搬运春天的机器。这老鼠，在我看来，绝不是黑暗的墙洞中伺机跳出的那只。

猫　　鞋

在北欧神话中，春之神弗蕾娅（Freya）总是坐着猫拉的车飞来飞去。这让我想起20世纪90年代初期我所写过的一首诗。那首诗中，拉车的不是一群冷飕飕的猫，而是一群肌肤润洁的婴儿，他们是一群燃烧的婴儿，鼓着小小的腮帮，弓着小小的脊梁，用天下最纯洁的力量，拉着春天的车辆，与河流赛跑。那是一辆空车，弗蕾娅没有坐在上面，我的母亲也只是远远地看着。那时候，地上的白雪还没有融化，所有的树芽还躲在树心里睡觉，春风的小手曾试图伸进去，穿进树皮，拨开树肉，绕开树骨，敲一敲它们睡扁了的小脑袋，可始终没有得逞。这春天的阴谋，一旦提前实施，巨大的、爆炸性的、传染病似的、不讲道理的力量，也往往会在一些最能呼应它们的物种面前一败涂地。不是树芽或者花朵因嗜睡而甘愿错过脱胎的节令，而是说它们因害怕灭亡——取消了内心中潜藏过的内推力。看天的日子，提前了，天注定是空的；落地的日子，提前了，地注定是冷的。在那一首诗中，我笔下的婴儿，却透支了一切，他们虽然不会在荒芜的大地上累死，像以色列诗人阿米亥所说的成为"一种宗教的起源"，可他们打碎了我的母亲那一颗平静的心：他们被冻得发红的小脚板，应该穿上一双温暖的布鞋！所有的参照只有皑皑白雪、屋檐上挂着的红辣椒、雪地里的蒜苗和火床边那一炉烧得很旺的火，以及火边上呼呼大睡的那一只猫。

因此，母亲所做的这一双猫鞋简单极了，纯白的鞋底和鞋面，丢在雪中，如果没有充作猫耳的那两根长长的红辣椒；如果没有那两根蒜叶一样的眉毛；如果没有火炉一样的那一双眼睛和那一张嘴——它就将消失。而且，这消失，将让我们无法感受到消失的魅力。

猫长长的胡须被母亲省略了，我想，拉车的婴儿，愿意透支未来，母亲却不愿拉近新生和衰老的距离。还有猫的尾巴以及毛，也被剔除了……因为在母亲的心目中，人绝对不是动物。

虎　　鞋

在《中国衣经》的第83页有这样一段文字："明代妇女喜欢将头巾裁剪成条围勒在额间，以防止鬓发松散和垂落。这种额饰有多种形式：有的用织锦裁为三角之状，紧扎于额；有的用纱罗制成窄巾，虚掩在眉额之间；有的则用彩带贯以珍珠，挂在额部。使用者也不限于士庶妇女，尊卑主仆皆可用之。"除此之外，该书还讲，还有一种抹额，以丝绳织成网状，使用时绕额一周，系结于后，名叫"渔婆勒子"。这种抹额风情，亦是现在都市中的时尚，去前年，昆明的大街小巷，常见一些妙龄女郎以此吸引人们的目光。此处之所以风马牛不相及地说起抹额，是因为认准了引文中的一句话："使用者也不限于士庶妇女，尊卑主仆皆可用之。"据我所知，明朝是中国历史上最彻底的享乐主义时代之一。照我的想象，那时候的人们绝对不会有谁甘愿瘪着脸、收着胸、静悄悄地走路，他们都像一群快乐的蝎子，生存的意义就在于竭尽全力地在狂欢中把自己变成灰烬。他们藐视一切，比如，他们总把老虎的图案刺在鞋面或者阳具上。老虎出现在鞋面，它燃烧着的金色花斑，它战神般的气质，它腾空扑击的雄姿，都是人们梦寐以求的。而老虎爬上阳具，人们只想借一下它欢喜国度中的嗜杀本性和战无不胜的天生异禀。人们就在那古代的白天或者晚上纵情地作乐，以至于让多少代子孙都为之垂涎三尺，并将其鞋面上刺虎的时尚作为习俗，囫囵吞枣般承袭了下来，也不管人家隐喻的是什么，更不管人家有何禁忌，反正，"尊卑主仆皆可用之"。说来也有些悲凉，老虎"在神话以外的世界上踏遍大地"，可最终它依旧是"大地上行走的众生中的生命"，它获取了种种不朽的象征，但同时它又绝对不是至高无上的信仰的禁区。我的母亲，一个苍老的农妇，不知道明朝，也不知道博尔赫斯如此确凿的诗句："它在太阳或变幻无常的月亮之下／在苏门答腊或孟加拉执行着／它爱情，懒散和死亡的惯例……"但这些并不妨碍她得心应手地把一只老虎的图案，用一颗铁针和几团彩线，绣上了一双她赐赠给她的小孙子的鞋面，而且下针时，她根本不知道她未来将得到孙子还是孙女！也许，明朝的老虎是象征的那一只，母亲的老虎只是像猫的那一只，至于博尔赫斯，他说他在寻找第三只。

母亲的老虎，静静地卧伏在鞋面上，身长11厘米，身高4厘米，仿佛通过基因培植并刻意变异了的掌上玩物。而且，它没有华丽的皮毛，也没有突凸的骨架。它的眉毛，按照惯例，同样是张树叶，眼睛是一束灯苗，嘴巴像一朵莲花，胡须像一蓬白色的葱根……猫科物种里的天使，母亲用它装饰或者温暖小孙子的双脚，她甚至不希望它变成丰育神塔穆兹的守护神，因为一切邪恶的精灵，在母亲的世界中已经绝迹。

猪　　鞋

母亲绣鼠鞋，之前肯定没细致认真地观察过老鼠；母亲绣虎鞋，那更是绝对没见过老虎，离她最近的老虎居住在昆明圆通山，距她有四百公里左右的路程。很显然，绣鼠鞋时，她靠的是大致的印象，绣虎鞋时，借的则纯粹是想象。应该说，这些都是不值得大惊小怪的，可是在面对猪的时候，母亲所传达出来的色彩感，却让我非常吃惊。

母亲邮寄给我的二十双刺绣小鞋中，有九双是猪鞋。猪鞋之所以占了那么大的比重，显然与母亲每天割猪草、煮猪食、喂猪，并把猪的数量的多少和猪的肥瘦视为财富的多寡的经历是有密切的关系的。母亲每天施恩于猪，甚至会把猪视为卑微的神灵，最后又在春节前夕，让猪把自己的生命交出来。照我的理解，这一个人为的恩膏置换的过程，在世俗生活中，只是一种生存的法则，而非从佛者和素食主义者所认定的"黑颜色的灭失之旅"。当然，一切都不是绝对的，我的母亲，在她严格地履行生存法则的同时，潜意识中，其实她还是惯性般地保持了猪的"神灵"的地位。或者说，至少她依然保持着对灭失的生命的敬畏和慈悲。她如此热衷于绣猪就是证明。

猪是离母亲的生活最近，也是母亲最熟悉的生灵之一。她了解猪的成长史、秉性、嗜好和叫声所包含的内容，远胜于对其远走他乡的子女的了解。她可以见证一头头猪从生下来到死去的整个过程，却无法把握子孙的命运。这是生命的饲育史上，无法消除的与自然规律无关的悲哀之一。在母亲们情感的锡安圣地中，母亲们不敢奢望自己永恒，她们只希望自己的子孙——都能永远活在自己的目光里。自己要死去，最大的悲怨却是不能看见子孙活着或死去。我因此做出了这样的推断，当我的母亲无力排解这生死链所编织出来的感情漩涡时，与她密切相关的、她可以把握的生灵，悄然地被置换到了她寄托一生的布面上。如果不做此推断，我将无法说清母亲绣猪的激情究竟源于什么。她不断地重复，在不断的重复中得到安慰。

母亲刺绣的猪鞋，一双是金黄色，一双是白色，一双是褚红色，一双是黑色，一双是大红色，一双是鹅黄色，一双是玫瑰红色，另两双是褐红色。共九双。在段成式所著的笔记体小说《酉阳杂俎》中有这么一则：开元末年，王公贵族都把牡丹视为京城奇赏，常开诗会，吟唱不绝。这时，散文家韩愈有一远房侄儿从江淮来到长安，韩氏让其读书，先在学院，后转寺院，可此人均不思进取，常违规，韩愈很不高兴，说其如此下去，将连谋生的一技之长都没有。可这人却有一技艺，挖土见牡丹根须，用紫矿、轻粉、朱红等颜料，在花根上捣弄，七天之后再将花根用土掩起，次年，牡丹便会开出各种颜色的花，且花朵上还会有韩愈的诗句……读段成式这则短文的时候，我还据此写过一首短诗，其中有一节："此时，我在聆听／那些小小的灵魂／从根须爬向枝头的／清晰的脚步声。"这与黎明诗人聂鲁达聆听母亲的乳汁从肺腑流向乳头的声音，在形式上是相似的。一样地在窥探生命的秘密，一样地在强调神圣的哺乳的流程。但段成式的短文并非如此，在植物嫁接术处于现象阶段的唐朝，他是在以一种客观的叙事手法把人们的愿望导向更加迷离的世界。真实的颜料在某种神秘力量的调遣下，通过牡丹，呈现出了奇异的气象。当单一的花种，开出各种颜色的花，而且花上生着诗句，我们实在找不出正襟危坐的理由。然而，事实又告诉我，这绝对不是没有可能的。你能让一头猪变成金黄色、褚红色、大红色、鹅黄色、玫瑰红色和褐红色吗？你不能，我的母亲能。在我生活的周围，我的母亲比谁都清楚，猪的颜色大抵只有三种，黑、白、黄。除此之外，其他颜色的猪，都只能在神话和传说中出现。

像段成式的牡丹花上生着诗句一样，母亲刺绣的猪身上，也有着异象。九双猪鞋，唯一的共同之处就是，猪的眉心上都有一轮太阳。在此相同之处当然又存在不同，当猪身为大红时，太阳是白颜色的；当猪身是鹅黄，太阳是黑的；当猪身金黄，太阳是绿的……长时间以来，我都把这九双猪鞋单独放在一起，有时候，我感到鞋面上走下来了九头色彩缤纷的猪，我放牧它们。

在它们中间，我像一个超现实主义的牧童，但我又能真切地听见它们的叫唤和用各种颜色的嘴巴拱翻土地的声音。九头可爱的小猪，有的耳朵上长满了星斗般的眼睛；有的两只眼睛差不多占据了整个身躯；有的仿佛整个就是一张嘴……它们紫的、绿的、红色的、藏青色的、黑红相间的、深绿色和金黄色的耳朵，不停地晃荡着，但似乎又没有听见一丝一缕满世界嘈杂的声音。它们欢乐的知足的表情，把对死亡的恐惧毫不费劲地就掩盖了。唉，这些世界之外的走肉，谁也看不到它们生命的尽头。

随 笔 五 则

玩　鱼

　　玩鱼的少年已经走远，故乡的河岸上只留下满地闪光的鳞甲。疤脸的哥哥拿着渔网，他在河面上心不在焉地吹着口哨，阳光开始斜照，靠阳光抚平过的脸上，又出现了众多的小坑，那脸上的阴影，用歪嘴表弟的话说，它们多像一坨坨鸟粪。疤脸哥哥，疤脸哥哥，你的脸上堆满了鸟粪，我们站在河岸上齐声喊叫；疤脸哥哥，疤脸哥哥，你的脸巴是鸟粪，我们在河岸上一边奔跑一边诅咒。疤脸哥哥心不在焉地继续吹着口哨，没有撒网，也没有往河岸上甩石头，跑得远远的我们，坐在青草丛中，直笑得满地打滚。那个走远了的玩鱼少年却再也没有回到我们中间。河中的鱼类真的少了，就算是天降大雾的清晨，顺着河边的石缝捉摸，冰冷的石缝里也只捉得着闪光的鳞甲，昔日的鳞甲，水的鳞甲。

　　鱼类正在成为河流的异教徒，偶尔捉到的几尾，鳞甲都日渐苍白，那种生机勃勃的色泽很少了。而鲜红的或者黑青的色彩，更是几乎绝迹了，它们被水带走了，这并不是因为河流中暗藏着一只只随时猝然出击的手，也不是因为疤脸哥哥有着结实而美丽的网。它们再不能成为手的敌人，它们再不能被我们处以凌迟，它们被水带走了，留下的鳞甲闪着白颜色的光，在河岸上，在河水中。拉二胡的瞎子，二胡就是他的眼睛，他总是坐在河流的对岸给来往的外乡人讲，这条河流，在他小的时候，河面上全是拥挤的鱼背，那些鱼背像古代战场上齐刷刷地射出的箭。我们坐在河的这边，高声喊叫：拥挤的鱼背，齐刷刷射出的箭。拥挤的鱼背，齐刷刷射出的箭。我们偶尔把捉住的几尾鱼放在手心上，小小的鱼，生命力脆弱，它们跳起来，又落下去，跳起来，多么动人，落下去，多么迅速，在我们狭窄的手心里，直到它们再也不能整体动弹，只剩下尾巴遗嘱似的善良拍打着我们的手纹。然后，我们为它们褪甲，让它们的肉露出来，苍白的肉；我们为它们开膛，死了，它们的血还是红的，热的。它们的尾巴还会动。它们的刺藏在肉中，一把把锋利的刺刀，在最后的时刻，也就是生命没了，肉身也将没了的时刻，寻求报复。这种弱者的尊严，通常被理解为歹毒，被人们随口吐在地上。有时候，偶尔捉住的鱼，它们来自污浊的河流，满肚子脏水，我们把它们放在清水里，撒上一点盐，它们就会痛痛快快地不停地喋水，吞水，吐水，用清水把胸腔以及体内的每一个神秘的角落清洗得干干净净。然后，再把它们放到更多的清水中去，给它们干净的青草或其他饵食，它们恢复元气，让它们更加精力充沛，而就在它们感觉到了生在天堂的那个瞬间，我们已在故乡的河岸上点燃了柴火，一口铁锅里盛满了冰冷的清水，多么好的鱼，放在铁锅里，多清的水，它们在里面欢乐地游来游去。锅下的柴火在燃烧，水在慢慢地变热，我们在手忙脚乱地弄作料。慢慢地，鱼开始疲惫，水滚沸之时，鱼已经熟了，捞出来，蘸水里一过，其味之鲜，叹为极致。在我的故乡，这叫吃"跑水鱼"，也叫玩鱼。

疤脸哥哥和歪嘴表弟今天都离开了河流，他们在都市的饭馆里打工，任务就是为鱼褪甲，为鱼开膛，夜深的时候，饭馆歇业，他们常常端着大盆大盆的鳞甲在街道上，往转角处的垃圾场飞奔。

焦　　虑

一个卖《圣经》的人给博尔赫斯带来了一本无限的书，没有开头，也没有结尾。博尔赫斯开始感到的是幸福，后来恐慌和焦虑就充满了他的生活。

电影《魔符》说的是这样的事：一个人在雅典城拾到了幸运女神之符，随后生活就变了，幸运与厄运相继来临。濒死时这人将魔符硬塞给了自己的仇人，仇人因此买彩券中大奖、首次下赌场就赢了二十万美金。可一位先知告诉他：厄运已经开始了。果然厄运开始了，这个身带魔符的人，恐慌和焦虑充满了他的生活。

人都一样：跟着诱惑来到世上，再跟着欲望消逝得无影无踪。

天空里捉鸟

读一些强行驱动的文字（比如《惶然录》），是我目前的主要兴趣。与此相背离的充满了丰饶的想象的东西，不适合我的兴趣。我之所以如此，目的是想在别人韧性的叙述中体认文字的"障碍"和为文者的"向死而生"。

以前理解海明威，他站着写，写一些"电报式的语言"，总是以为他仅仅是为了让语言干净些，并没有领悟到他对语言所怀的恐惧。马尔克斯的"重复"，也一度被理解为迷宫似的场景置换，并将其视为"客观"向"迷失"过渡的一种技术手段，我没有察觉到只有语言才有的孤独。读卡尔维诺，他关于祖先的那些篇章让我看见了语言不朽的张力，但我也没有想到他之于语言的奴隶本色，否则他也不会一头扎进《意大利童话》，并在简单、直接、快乐的语言环境中乐不知返。语言的牢狱之灾就这样绵绵不绝地延续着。只有语言的肉体戏剧，只有功利主义的文本炼金术，在变本加厉地吹吐着魔法时代的气泡。新词条、新术语，它们的到来，带来的并不是一种尖锐的插入和撕开，而是暧昧，是折叠，是隔墙的呻吟。它们之所以成为"利器"，是因为我们中的大多数人的灵魂已经睡去，没有睡去的人，味蕾也已经坏死。

　　我是不是应该撒手了？（一）因为蚯蚓只能生活在黑暗的泥土中，我不敢奢求它能像鸟一样在天上飞；（二）因为蝎子，它们时刻都在跳交配舞，雄蝎将精液撒在草上，雌蝎再去收取，这种技术活儿，人类先天就欠缺；（三）因为蝾螈，它们可以在火焰中自由自在地生活，又能在水中出生入死，我不能；（四）因为飞鸟，在它们眼中，人们每天的所作所为都是按时的戏剧表演，人是娱乐的道具，没有灵魂，可我总觉得这是飞鸟的恶意扭曲；（五）因为蚂蚁，它们身体细小，却经常幻想着要拉动比它们还大的东西，所以只能累死；（六）因为豹子，它们随时都有机会把猎人当成晚餐……当语言以弥撒的形式出现，当语言的偏旁部首之间每时每刻都在举办着大师们悲怆的葬礼，我之于文字，无疑就像一个在别人的婚礼上待到深夜还赖着不走的客人，我独个儿跟新婚的夫妇出节目、玩游戏。你看，我像什么呀？

　　在云南彝族民间史诗《铜鼓王》中，铜鼓会产崽，在博尔赫斯的书卷里，石头会敷衍。唤醒铜鼓和石头的声音，让铜鼓和石头产生精液和卵子的力量，它们显然没有站在我们这一边。但为此我一再地被时光耗尽，为了非常确切又极其神秘地把身边的物种纠集起来合唱，为了不动声色地让诸神归位让语言回复原生，我泥沙俱下，我命令天上的雨滴都变成铁钉，我指使纸片包扎山峰，我撕开湖水的皮肤……其结果是我被操纵的东西所操纵，所谓敬畏，所谓体温，全体变成了空气。

有人对我说，在进天堂的时候，如果上帝的提问你无法回答，那你就撒谎，因为人在上帝的注视之下才能变坏。这种体验我不曾有，但我还是决心在别人的婚礼上一直游戏下去，犹如在天空里捉鸟。我知道语言如蛊。

另　附：

去年秋天，日本诗人谷川俊太郎来昆明，我曾问他："在你的艺术世界的背后，是否藏着一个村庄？"他告诉我他自小生活在东京。我想因我没表述清楚，从而也导致谷川俊太郎答非所问。其实我想说的是，也许每一个艺术家的身后都存在着一个艺术的源头，犹如生命之于母体。之所以问谷川，是因为我的写作全围绕着与我生命息息相关的具体地点来展开，目前我正在写作的诗歌和小说，无一例外。上文所谈的"强行驱动"，我是想强调自己在由诗歌向小说"转轨"时所面临的叙述难题，这难题还将继续困扰我。比如已完成的短篇《手枪与同志》、中篇《三十八公里》，我始终无力更干净地消解诗意，许多故事性的东西总会被语言所伤。对于所面临的一切难题，我没认真想过，但如标题所言，天空里捉鸟，这可能一无所获。

埃　　及

在金字塔的影子里，一只黄脸秃鹰，与一只青脸秃鹰，正合伙玩弄着一个沙漠与河流的游戏：黄脸把沙子丢在水中，沙子不见了；青脸把水滴撒向沙子，水滴就消亡了。它们从不间断地重复着，也不变换运沙取水的姿势，没有争论，没有嫉妒和互相设置的陷阱，也没有谁抬起头来，向金字塔感恩或致意。

就这样，几千年来，这个简单的游戏一直持续着，黄脸取沙的地方，仍旧是无穷无尽的沙粒；青脸取水的河流，仍旧是没有尽头的水珠。偶尔有几个骑着骆驼或划船路过这里的人，他们都会停下来，远远地望着，两个子孙浩荡的秃鹰家族。简单的游戏，秃鹰走出的路边，时间的国王们，正专心地数着沙子，数着水珠。

一个个娇艳的时间的王妃则躲在沙筑的宫中，痴痴地接受着地中海火红的涛声。

教　　堂

罗丹的著作《法国大教堂》是人们提得较多的堪称大书的作品之一。1994年初春，在我接触这本书的时候，我正在昆明的西郊工作。那儿是个山头，坐在我每天上班的办公楼东边的那个露天晒台上，我常常望着远处山头上那个造修华丽的殡仪馆发呆，生与死的问题令我一筹莫展。在一首诗中，我把殡仪馆命名为"天堂的站台"，我一直觉得，人一旦途经那儿，就肯定可以抵达一个他曾经恐惧或渴望但又从未去过的地方。对恐惧者来说，说不定他到了那地方才会觉得他其实到了一个乐园；而对渴望者来说，说不定到了那地方之后他才会感到他真正想到的并不是那地方。一切都正是时候，一切都晚了，人世间的规律和秩序从来都是冰冷的，恐惧者的幸福与渴望者的苦难不能抵消，也不关联，苍凉的回首不能成为拯救自身的法宝。

我曾经告诫自己，就这么坐着，就这么发呆就足够了，阳光灿烂，树叶鸣唱，那殡仪馆金碧辉煌，为亡灵弹奏的火焰映衬着清亮的溪水，还不够吗？罗丹是个好人，他拒绝了生与死的话题，拒绝了灵魂和信仰，他说的是艺术——多么绚丽的华章，甚至连时间和宗教都掩盖不了，连上帝也歌吟。

是的，的确有那么一种时候，我们像一具空壳，仅仅是因为想听听颂歌而走向教堂，一无所知，心无所动地离开之后又深情无比地说起教堂，一切都仿佛真的而自己又虚弱不堪。假如真有上帝，我们往往是在上帝的眼皮子底下变坏的。最终死在上帝那双宽大的手心里，似乎上帝曾经安慰过我们的死却从未安慰过我们的生，而最后，我们顶多只能是一个到过教堂的人，却从未在人间的大道上停过片刻。罗丹是个好人，他留住了我们的影子。

宋 朝 的 病

作为时间的亲人，我的朋友庞晃，几乎在昆明的每一座废墟中晃荡过、迷失过。世界一直在前行，他却一直在往后跑。用他的话说，他是在跟世界拔河，结果总是被世界手中的那根粗麻绳拖着跑，开始时拖在地上，激起漫漫灰尘，后来，就被拖得飞了起来，变成了世界手中的风筝。

庞晃迷恋一切旧的东西，旧窗子，旧门，旧凳，旧桌，旧柜，旧石墩……如果谁能帮他把一堵旧墙搬回他的家，他也一定会笑得发抖。不幸的是，他是一个穷人，不能像有些人那样，手指一片正在拆除的老城说："这儿所有有意思的旧东西我都包了。"然后用火车或汽车拉走，卖给老外。他只能像做贼一样，在轰天炸地的旧墙倒塌声里，在蘑菇云一样的尘土中，鬼鬼祟祟地去寻找他想要的一切。而且，他得来的东西一概不卖，精品放在家中，一般的，就堆在租来的一间民房里。在我的印象中，个子矮小的庞晃，只有在给学生上课的时候是干净的，平常时间，不管在哪儿，他都满身灰尘，双手黑漆漆的，指甲壳内，更是被黑色的烟尘填得满满的。偶尔，他也会拖着伤腿，满脸是疤或脖挂打着石膏的手臂来到我们中间，笑嘻嘻的。当然，大家也倦于再问他为什么伤了，因为谁都知道，又是跟拆城的民工或者类似他那样的人，展开了一场夺宝战，战场上满地的砖头、椽子，抢起来就打，总有人要伤着。

有一段日子，昆明的正义路拆得热火朝天，庞晃也就适时地消失了。照我们的想法，他一定又在各个院落之间疾疾奔走，或匍匐在某堵墙下，等黑夜一来，工人收工，他便像箭一样射出去，抱起早已相准的东西，一转身，就消失在茫茫的夜色之中。然而，事实并非如此，那一段时间，庞晃不得不中止了他一生的寻宝记，而是充满茫然与恐惧地徘徊在昆明的每所医院的皮肤科。他的妻子在跟一个朋友打电话时，不小心泄露了秘密：庞晃的脖子和脸，先是长出了一种奇怪的红点，继而疯狂地浮肿。更让人不可思议的是，昆明这么多穿白大褂的人，有着数不胜数的精密仪器，却没有谁知道他得的是什么病。有人吓他："老庞，你这症状，我看是艾滋。"庞晃赶忙脚下生风，到医院验血；又有人压低嗓门，嘴唇贴着他耳朵："老庞，听说泰国那边最近又出了一种新病，很多性产业工作者，先是脸红肿，最后全身变成水……"听得庞晃就像蹲在冰箱中。

事情传出来，庞晃也就不再遮遮掩掩，开始重新回到我们的生活中来，又粗又红的大脖子，又红又大的脸，而朋友们也乐于向他献偏方或替他遍访民间高人。其间，他喝下太多的糊涂药，也领教了太多的神神鬼鬼的世外高人的非常手段，苦不堪言啊。

转机来得很偶然。一天，朋友中一个很少说话的家伙，突然开口了："庞晃，我有一个舅舅，快九十岁了，是个中医，想不想让他看一下。"庞晃去看老中医的那天中午，满头银发的老中医正在郊区的一个小院里，秋天的梧桐树下，品着一壶号称是"龙马同庆"的普洱茶。沉默的人说："舅舅，这是……"话未说完，老中医抬眼扫了一下庞晃，本来还被百年普洱弄得不着边际的眼神，瞬间就精光敛集，无形剑一样暴伸出来，继而，手抚长须，仰天哈哈大笑。他的笑声中，梧桐树叶又多落了几张："天意啊，天意，老夫等了一生，终于等来了第一个病人。"

老中医告诉庞晃，庞晃得的是一种宋朝的病，传染病，可这病在朱元璋称帝那年就绝迹了，而且再也没有出现过。老中医还告诉庞晃，他从青年时代就开始研究这种病，一直以为自己练的是屠龙术，没想到世间还真的有一条龙。庞晃服了老中医的三服药，病很快就好了。庞晃一再坚持要付老中医一万元钱，老中医鹤发倒立，一再地把庞晃扫地出门。每次，庞晃出了小院，都听院中的老人喃喃自语："天意啊，天意……"

至于庞晃是如何患上这种病的，照老中医的分析，这种病一度在宋朝时的昆明城中流行过，某些细菌附在了旧宅的屋梁、椽子或其他什么旧的东西上，这次拆城，绝无仅有的细菌被庞晃撞上了。

放蛊人和毒药

放 蛊 人

一个识字的放蛊人，名叫崔子发，曾经写下过一本黑封皮的书。他给"蛊"所下的定义是这样的："在大云江涨水的时候，选最黑的夜，把各种颜色、各种毒性的虫子，放进一个陶罐中，然后吹奏笛子，拉响二胡，调动虫子们的杀机，让它们互相撕咬、吞食——让死亡频频降临，直到陶罐中只剩下最后一只虫子，那最后的虫子就是蛊。"黑封皮的书一度是放蛊人的教科书，它还详尽地写到了毒虫的饲养、育蛊时毒虫的搭配、蛊的类型、蛊进入人体后产生的不同的功效、放蛊的技巧、放蛊的目的和意义、蛊的生产力与生产关系等等。与这本黑封皮的书同时的还有过一本中原人游历放蛊人王国的笔记。这两本书是我迄今所见的最奇特的书，在中原人的笔记中，生动地记录了我们那片山地上兴旺无比的放蛊人的诡谲的景象。在描述放蛊人顺着大云江，下行或者上溯，把蛊带向四面八方，然后把金银、仇家的头颅、布匹、盐巴、铁和女人带回来的场景时，这个中原人充满激情地采用了数据化的写作方式，从那似乎是冰冷的数据中，我读出了一种罕见的猖獗。

如此阴毒的秘密的王国形态，在一排排数据之间，全是毒虫小小的表情，生或者死、权力、意志、梦想，全藏伏在数据化的毒虫的小身体里。令人惊叹的是，这本中原人的笔记，在写到毒虫的集市和王国中例行的放蛊竞赛时，表现出了天才般的写作才华。色彩、线条、点、面以及随时可能出现的杀机和施毒的形式，在此均有细致的描述，语言到位，平静得像是在绣一双献给慈父的鞋底。所写的放蛊竞赛，用到了这样一句类似于歌诗的句子："谁让我生，我就死在他的怀里；谁让我死，我就死在她的缝隙里。"在写到竞赛中新秀辈出，失败的老放蛊人不得不服蛊自尽的场面时，书中非常客观地描述了一百个瞎子一齐拉响二胡为亡灵超度时，对二胡的声音的直观感觉，这个中原人认为，那一百个二胡就是一百双瞎子的眼睛，它们睁开了，看着那生与死的交接仪式。一百个瞎子，一个瞎子写了一章，从瞎子的头发、表情、外在的每一个器官、衣饰、小动作写起，直写到瞎子的身世及各自在集体之中所表现出来的个体的二胡声，乃至他们与泥土与放蛊的谜一般的联系。所写的竞赛人，有个人生活档案，有历次竞赛成绩统计，有具体的现实中的放蛊经历，比如在山东、在四川以蛊杀人的确切记录，可谓字字都是毒，句句都是死，但语气和字句却始终阳光灿烂、充满了欢快。对放蛊竞赛规则的如实记录，条理清楚，针对性强，条款之间互相联结但又互不瓜连遮掩，无懈可击，完全可以用来做现在的足球比赛的规程，其贯穿始终的"优胜劣汰"的至上法则，谁也玩不了假，一旦玩假，意味的就是以蛊自戕。

在写到以蛊自戕时，这个中原人在全书中唯一使用了诙谐的笔法，把那色彩绚丽的死亡写得像一种非常有趣的游戏，死的挣扎，在其笔底，似乎是在做极致的表演。但这书的最后一章，语句之间逐渐地苍白无力了，那种一直贯穿下来的写作者的忍耐力丧失殆尽了，很多地方言不由衷，甚至像"歹毒""阴冷"之类的词条总是频频出现。作者的灵魂不在了，代之的是无法节制的诅咒。因此我怀疑，在写作这书的最后一章时，这个中原人快要死了，并且有可能他已经被人暗中做了手脚，蛊已在他的体内发生功效了。要么是一场凄婉的情爱故事所致，要么纯粹就是因涉及放蛊人王国中诸多秘密所致，反正那最后一章的文字，已经抛开了原有的欢快，俗尘中真实的死亡形象出现了，省略句式增加了。

令人更不可思议的是，全书的最后一千字，这个中原人竟全盘丢开了放蛊人的王国，毫无起承转合，一下子就投入到了对"保定"的描写，他说保定有铺天盖地的鸟，黄昏时分，这些鸟就贴着城墙，忧郁地飞翔。他还说到保定的染布作坊，但他已经没有足够的时间去描写那些颜色，而是大量地使用了修辞。在写到风吹布匹的景象时，这个中原人甚至写下了这么一句："每一个染房，都像一百个妓女在原野上放声歌唱。"据此，我读初中时的语文老师曹水庆曾推断，这个中原人一定保定人氏。这个推断，后来得到了充分的证实，放蛊学专家张子玉在我高中一年级的那年，在寡妇张雪蓉家的猪厩里发现了一块训诫碑，碑文中详细地记录了保定人李吉在放蛊人王国中的所作所为，对其放蛊的是一个叫崔子发的"大臣"。李吉死后，脸色铁青，眼睛、嘴巴和手全变成了水。

毒 药

我上村里小学附设初中班时的语文老师曹水庆，是一个回乡青年，因为是兔唇，私底下我们都叫他"曹豁豁"。用回乡青年当教师，本就是一种过渡性行为，我上高中后的第二年，村里的附设初中班解散了，曹老师仍旧当了农民。但曹老师不是一个安分守己的农民，他从其父亲、昔日龙云家的赶马人曹云鹏那儿知道了许多放蛊方面的知识，于是就在劳作之余苦心查考放蛊人王国的踪迹，我的爷爷手中的那两本书，也就是我读过的那两本，曾被他借去重抄了一式一份。

以毒杀人，在我们村庄里有着悠久的历史，但曹老师研究放蛊，还是得私底下进行，因为那时候，这一切都被定性为封建迷信，一旦被发现了，免不了又要被绑了去游斗。像我这样的人，我自觉天资聪颖，在曹老师教我的时候，连村里人都讲，我的水平，足够教曹老师这样的人。可我弄不明白的是，我感觉单从放蛊上讲，我已经可以育虫并携蛊闯天下，可我放弃了放蛊这门技艺，原因非常简单，用现代毒药杀人，手段更高明，形式也更简单直接，而曹老师却仍然对放蛊吸髓有味。

然而，不得不承认，我虽然对放蛊知之甚多，可对现代毒物学却一问三不知。就包括现在，为了写这篇东西，我不得不认真翻阅1996年版的《现代汉语词典》，我希望在里面能找到"氟乙酰胺""苯酚"和"毒鼠强"这三个词条。很显然，我并没有找到，而且明眼人一看就知，在我自认为是毒药的这三种"毒"中，有一种根本不是毒药，它就是苯酚。苯酚无毒杀功效，甚至有一种芳香气味，可用来制作香料。可问题也就出在这儿，苯酚是好东西，可它又是如何杀死长着兔唇的曹老师一家四口的呢？

曹老师自从村里的附设初中班解散回家后，一边劳作，一边研究放蛊，不久就结了婚，不久就有了长着兔唇的一儿一女。但这种美妙的日子并没有持续多长时间，一家四口在某天中午全部死绝。曹老师的父亲曹云鹏曾是个老江湖，白发人送黑发人，也免不了悲痛欲绝，老泪流空了，就站到村中的一个高地上，放开嗓门："放蛊人，我日你妈的；放蛊人，我日你妈的，你不得好死!"直骂得嗓子哑了，气短了，满口都是血。

曹老师的母亲也是个老江湖，年轻时是五尺道上一个客栈老板的女儿，她没叫骂，案发的当天，她将曹老师一家人吃剩的饭菜分别取了一点，让一只鸡吃饭，让另一只鸡吃菜，然后分开来关起。结果，到晚上，吃饭的鸡就死了，她就把曹老师家的剩饭取了一些藏了起来。更奇的是，第二天早上，那只死鸡竟然不见了。可惜的是，这些细节，在公安同志开展侦破之初，并没有成为必不可少的证据。两个红卫兵出身的公安同志看了现场，先是叫卫生所的人找来了几个瓶子，将死者的肾脏和胃内容取走，然后就跑省、跑地区，他们的目的是寻找鳝鱼毒死人的科学依据。因为报案人称，曹老师一家是在早上挖田时得了两条鳝鱼，中午炒食后，就死去的。乡间有一种说法，鳝鱼老了，就成了精，凡食者骨头都会融化，这种鳝鱼叫"化骨鳝"。

两位公安同志最终在专家们那儿得到的结论是："化骨鳝"毒死人，目前尚没有先例。有的专家甚至称，这纯粹是一派胡言。接着，两位公安同志按照曹云鹏的意思，开始明察暗访放蛊人。当时我的爷爷还健在。这个年轻时与曹云鹏一块儿走南闯北为龙云家赶马帮的人，已经因生活的艰辛而苍老得脾气怪诞、身体变形，像一部用旧了的机器，每一个部件都有了毛病，生满了锈。他总是因寒冷而颤抖不止，无论什么季节，从不扣上长衫上的扣子，总是披着，露出他那皱巴巴的胸膛，而且时刻都坐在火塘边，把火烧得很旺，双手拉开长衫，让火光直接映照着他的胸膛。爷爷的模样像只飞过雨季的大鸟，他在烘烤他那被淋湿了的翅膀。火烤烫了，就抹一把，爷爷的胸膛上遍布着红红的火斑，一圈绕着一圈，与大树的年轮没什么两样。

公安同志找到我的爷爷，搜走了那两本关于放蛊的书，并要我的爷爷讲出放蛊的经过来，杀人的动机是什么？是不是报复？爷爷赶马帮时早就练出了浑身的野胆子，长衫往后一甩，苍老的生命中一下子生发出不可思议的力量，犹如落光了叶子的果树又逢小阳春，他问两个公安同志："你们说什么？你们在说什么？"一副要拼命的模样。公安同志手里没具体的证据，本就带有吓唬吓唬的侥幸心理，没想到遇上的竟是一个黑煞神，也就再不僵持，转身就退出了我家的门槛。可就在爷爷气呼呼地在火塘上烤着他的胸膛的时候，脸上的怒容还没散掉，两个公安同志，带着一伙人，包括白发飘飘的曹云鹏，又冲进了我的家。一切再不需讲客套，爷爷还没反应过来，绳子就勒进了他干瘪的肉中。他们把那两本讲放蛊的书吊在爷爷的脖子上，押着爷爷在村庄里游斗。

如此折腾了几天，我的爷爷仍旧死不开口。有一天，太阳很辣，爷爷被捆在少年乌鸦摔死的那棵梨树上，头低垂着，双眼结满了眼屎，嘴唇开遍了裂口。我去给爷爷送水，爷爷刚喝了几口，曹云鹏冲上来，一掌就把碗打掉了，碗砸得粉碎。爷爷双目怒睁，望着曹云鹏，呸地吐了一口浓痰。曹云鹏阴冷地笑了一下，弯下腰就把碎碗片集到一块儿，又到其他地方找来了许多碎玻璃，然后跟两个公安同志耳语了一阵，接着，就把我的爷爷从树上解下来，命令我的爷爷跪在那些锋利的碎片上。爷爷在两个公安同志的凌驾之中拼命地挣扎，并拼命地大骂："曹云鹏，你这个杂种，我恨当初没有宰了你。"

爷爷挣扎了几十下，终还是被按了跪在那些碎片上，很快地，爷爷肉体里的血就流了出来，那些碎片发出闪闪红光。爷爷叫嚣着，那些处处是刀刃的碎片正迅速地插进他的身体，抵达他的骨头。许多围观的村庄里的人还听见了碎片进入骨肉的声音，他们中的大多数不忍再看，爷爷歇斯底里的叫嚣让他们浑身发冷，有的走开了，有的悄悄地开始流泪，也有的还嫌不够激动人心，走到爷爷的背后，使劲地压迫爷爷的肩头或者摇动爷爷的身躯，爷爷的叫嚣变成了惨叫，但他仍在公安同志的诱引下死不开口。后来，摇他身躯的手越发有力，摇动频率也越发加快，爷爷实在受不住了，就唱起了他年轻时唱的歌谣："……云南——有个——江城——县，衙门——像猪厩；——大堂——打——板——子，——四——门——听——得——见。"爷爷反反复复地唱着这支歌谣，声音像地狱里吹来的一股凉风。

　　我的父亲，那一个本是胆小的男人，流着泪，怒吼着，两次冲击现场，均被公安同志严肃地押回了家。父亲只好跪在堂屋里，一个人拍打着地，声嘶力竭地哭。就在父亲哭昏过去的时候，我那跪在锋利的碎片上的爷爷，也停止了歌唱，他头一歪，倒在了红彤彤的阳光里。曹云鹏说，我的爷爷是装死，冲上去就踢了一脚，可事实是，我的爷爷真的死了，脖子上吊着的那两本关于放蛊的书，被血染成了红颜色。连续多天对我的爷爷实行游斗，两个公安同志几乎忘掉了死去的曹老师一家人，任凭曹老师的母亲对尸首进行千般的呵护，恶臭还是弥漫了我们的村庄。

调查放蛊人一事，因我的爷爷自绝于人民而又陷入了困境，公安同志只好请求上级部门帮忙，上级部门就到一所干校请来了放蛊学专家张子玉。张子玉对曹老师一家四口的尸体进行了认真的察看，说这与放蛊无关，明摆着是现代毒药毒死的。张子玉的话使两个公安同志非常被动，上级主管部门只好把他们调走了，重新派了两个有经验的公安同志来侦破此案。两个新来的公安同志，因陋就简，用简单的设备对提取的死者的肾脏及胃内容进行了化验，结果发现的只有苯酚，没有毒药。曹老师的母亲这时候，也才把藏下的剩饭交给了公安同志，并将死鸡失踪的事讲给了公安同志听，公安同志感觉到了线索的出现，并对现场进行了进一步的取证。把只查出苯酚的那些东西、曹老师母亲提供的剩饭及现场提取的剩饭，一起带到了省上，请有关机构做精确的化验。

结果却更加扑朔迷离，原先那两个公安同志提取的死者的肾脏和胃的内容中，除了苯酚外，还有"毒鼠强"，曹老师母亲提供的剩饭中，则查出，不仅有"毒鼠强"，还有"氟乙酰胺"，而新来的公安同志在现场提取的剩饭中，只有"毒鼠强"。三者根本合不上，可以明确的是，"毒鼠强"三者中都有，投毒致死是肯定的，可苯酚和"氟乙酰胺"又做何解释？苯酚一事倒没费什么周折，两个公安同志到卫生所调查，很快就弄清楚了。原来，案发时，那两个年轻的公安同志到卫生所要瓶子，医生就把装苯酚的瓶子给了他们，他们未做任何处理，就用了去装肾脏和胃里的内容，所盛之物，难免就染上了苯酚。对"氟乙酰胺"的调查却一度陷入绝境，曹老师的母亲在献出所藏的剩饭后，就拒绝与公安同志配合，张罗了将曹老师一家四口埋掉，便整天一声不吭，坐到大云江边，只管哭。曹云鹏去叫她，她就跟曹云鹏拼命，抱着曹云鹏直往大云江里跳，害得曹云鹏既不敢走近她，也不敢独自回村庄。埋葬我爷爷的那天，还有人看见她往大云江里丢纸钱。由此我曾推断，曹老师的母亲、曹云鹏和我的爷爷之间，肯定存在着某种关系。曹云鹏分明想置我爷爷于死地，而我的爷爷也曾骂曹云鹏"我恨当初没有宰了你！"曹老师的母亲，从案发时起，似乎又知道其儿孙之死与放蛊无关，并且她掌握着一些证据，可她为什么又一直不站出来替我爷爷开脱，而我爷爷死了，她为何又要祭奠？更可怕的是，曹云鹏和曹老师的母亲，仿佛对兔唇儿子、兔唇孙儿孙女及曹老师的老婆之死，并没有表现出足够的悲痛，甚至他们都有着借此泄私愤的嫌疑。随着公安同志对"氟乙酰胺"调查的深入，我的疑窦更加多起来。

曹老师的母亲，在面对两个公安同志正式的审讯时，终于还是说出了"氟乙酰胺"的来历。她说，案发的当天，她做了试验后，见来负责侦破此案的两个公安同志不可靠，同时又害怕此案不了了之，为了让公安同志对此案有足够的重视，就往剩饭中再加了"氟乙酰胺"进去。由此说来，曹老师的母亲分明又对子孙之死非常沉痛，而且希望能捉住投毒人。这与我上面的推断又不相吻合了，这个当年五尺道上客栈老板的女儿身上，藏着太多的秘密。到此，应该告诉读者的是，这个发生在三十年前的案子至今也没有侦破。去年冬天，我特意去了一趟我们乡的派出所，我的本意是去寻找那两本关于放蛊的书，书没找到，却听到了这样两个关于三十年前的那个投毒案的传说：第一个传说，说的是曹老师在苦修放蛊技艺的过程中，以身试毒，结果弄成了阳痿。其妻子就与别人有了私事，而且公开来往。曹老师自恨无力，也就认了。可后来，那个与曹老师妻子私通的男人谈了一门亲事，又甩不掉曹老师的妻子，就把"毒鼠强"掺进了曹老师一家的饭里。这个传说的主要依据是：那个与曹老师妻子私通的男人，自从公安同志进村后就下落不明了，至今也没回到我们村庄。第二个传说，说的是毒死曹老师一家人的凶手就是曹老师的母亲。这个传说找不到半点依据，只囿于猜测，而猜测的理由是：曹老师的母亲虽然与曹云鹏厮守了一生，但两人自从结婚后根本没同过床，原因是曹云鹏年轻时曾患过严重的性病，并直接导致其子孙都是兔唇。我对两种传说都不置可否，曹老师一家，乃至曹云鹏及其妻子，如今都已尸骨腐朽，这有关死者的传说，还有什么意义呢？在放蛊人建立过王国的地方，毒虫或许真的没了，可蛊必然还存在着，它无孔不入，它的粉末，它的"毒"或许谁也清除不了的。